# SOLDAT D'ALLAH

DU MÊME AUTEUR

*Essais*

PATRICK BESSON, Rocher, collection « Domaine français », 1998.
FOOT-BUSINESS, Hachette Littératures, collection « Le monde n'est pas à vendre », 2001.
LE NOUVEL ORDRE SEXUEL, Bartillat, 2002.
LES BOUFFONS DU FOOT, Rocher, collection « Colère », 2002.
A L'EST D'EASTWOOD, La Table Ronde, 2003.
CLINT EASTWOOD, Fitway, 2005.
DEUXIÈMES SÉANCES, Stock, 2009.

*Romans*

ENTERREMENT DE VIE DE GARÇON, Stock, 2004.
LES LIENS DÉFAITS, Stock, 2006, Prix Roger-Nimier.
UNE SI DOUCE FUREUR, Stock, 2006.
UNE BELLE ÉPOQUE, Stock, 2008.
UNE CERTAINE FATIGUE, Stock, 2012.

CHRISTIAN AUTHIER

# SOLDAT D'ALLAH

*roman*

BERNARD GRASSET
PARIS

Photos de couverture :
en haut : © FRANÇOIS LO PRESTI/AFP
en bas : © REUTERS/Peter Andrews

ISBN : 978-2-246-80739-1

# I

Longtemps, Olivier Berthet estima être né trop tard ou trop tôt. Il n'aimait pas son époque et celle-ci le lui rendait bien. Du moins, c'est ce qu'il ressentit vers l'âge de dix-huit ans avec la nostalgie d'un temps si proche, celui de son enfance heureuse, paisible, modeste et entourée d'amour. A Roubaix, puis dans la banlieue de Lille, Olivier avait grandi au sein d'une famille plutôt banale composée d'un père manutentionnaire aux PTT syndiqué à la CGT et d'une mère assistante sociale imprégnée de catholicisme de gauche. Deux sœurs, une aînée et une cadette d'un an, encadrèrent ce garçon d'un tempérament joyeux bordé par la réserve héritée d'une éducation lui ayant inculqué naturellement ce que l'on pouvait faire et ce qui ne se faisait pas.

Le souvenir de ces années appartenait définitivement à un autre temps, à un territoire hors de portée. Pas uniquement du fait de la distance inéluctable que posaient les années écoulées ; plus sûrement parce que le monde avait changé, que cette enfance avait baigné dans la fin des Trente Glorieuses quand le chômage, la délinquance, la violence, la désagrégation sociale étaient encore cantonnés aux marges. Olivier songeait souvent à cette innocence perdue et des images revenaient, désordonnées et cependant précises, reliées sans doute par une logique secrète : son meilleur ami du CP, Laurent « Pleinchant » (il n'en conservait qu'une orthographe phonétique) ; la blouse et les yeux bleus de Béatrice, sa première amoureuse ; les promenades avec sa grand-mère dans le quartier ponctuées d'arrêts à la boulangerie ou au magasin de jouets dont il ressortait souvent avec une voiture Matchbox ; les goûters après l'école avec un grand bol de chocolat chaud avant de regarder à la télévision *L'Ile aux enfants* puis, plus tard, *Goldorak* ou *Albator*. Les westerns, qui occupaient alors encore largement les écrans des chaînes de télévision, modelaient son imaginaire. Le Bien, le Mal, la Justice s'incarnaient dans des figures inoubliables comme John Wayne, Richard Widmark, Burt Lancaster ou Gary Cooper. Avec ses copains, munis de revolvers et de winchesters en plastique, voire de bouts de bois, il jouait à reproduire les postures de ses héros de fiction. La joie et le naturel commandaient les gestes des gamins. Ils riaient sans se soucier du lendemain. Tout ce bonheur qu'il ne savait pas…

Au collège et au lycée, la douceur des choses s'estompa pour laisser place à des sentiments plus forts, plus graves aussi. Olivier était de ces jolis garçons qui s'ignorent, passant à côté, par timidité, de filles convoitées en secret. C'est avec Sophie, camarade de classe en seconde, qu'il perdit sa virginité à la fin de l'année scolaire, un soir de juillet, chez elle, alors que ses parents étaient absents. Trop nerveux pour éprouver le moindre plaisir, il en retint juste la banale satisfaction d'avoir enfin franchi cette étape. Quand elle le raccompagna à la porte peu après 23 heures, avant qu'il ne fasse à pied les quatre kilomètres le séparant du domicile familial, elle l'embrassa les lèvres fermées et lui dit : « Dommage que cela finisse comme ça... » Se répétant sans cesse la phrase énigmatique pour essayer d'en deviner le sens, Olivier ne la comprit que les jours et les semaines suivants lorsque Sophie ne répondit plus à ses coups de fil et se mit à le fuir. Désemparé, il n'insista pas face au mutisme de celle qu'il croyait être sa « petite amie ». L'amoureux éconduit ressentit néanmoins une immense et étrange peine, de celles qui vous transpercent et peuvent vous laisser pantelant bien des années après. Trois autres filles succédèrent à Sophie jusqu'à l'entrée en fac, mais le jeune homme se jugeait déjà plus doué pour l'amitié que pour les relations compliquées avec le sexe opposé. Surtout, il pressentait que ces filles à la beauté aussi fragile que furtive gâcheraient bientôt leurs vies en poussant des caddies et des poussettes, désirés mollement, acceptés par faiblesse autant que par facilité. Lui avait la modestie de ne pas rêver d'un destin grandiose tout en sachant qu'il s'efforcerait d'échapper à la médiocrité, au morne défilé des jours qui se ressemblent dans leur grisaille peuplée de vaines habitudes. Bien sûr, comme la plupart des êtres, en particulier ceux de son âge, il espérait que le grand amour viendrait un jour, qu'il occuperait tout, le présent et l'avenir, qu'il montrerait un chemin escarpé que n'encombre pas le commun des mortels.

Cela n'était qu'une espérance et celle-ci naquit au confluent d'idées, de sentiments, de représentations, de fantasmes, de rêves façonnant un Français né en décembre 1969. Par ailleurs, Olivier n'aimait pas que l'on humilie ou que l'on blesse les plus faibles. Au cours de sa scolarité, il s'était pris d'amitié et de compassion pour des camarades venus d'Algérie, du Liban, du Portugal, du Cambodge ou du Maroc. Amin, Nour, Julio, Koï ou Driss se retrouvaient parfois chahutés par les autres élèves, à cause de leur accent ou de leur prénom sujet à des moqueries, ce qu'Olivier ne tolérait pas. En classe, il les aidait; dans la cour, lors des récréations du matin ou de l'après-midi, il veillait à ce qu'ils ne soient pas la cible de petits cons racistes. Etait-ce dû à ce fond chrétien, transmis par sa mère qui tint à ce qu'il fasse ses deux communions ? Sans doute pas, car le jeune homme avait suivi le catéchisme et étudié le message du Christ par devoir et sans ferveur. Le catholicisme lui semblait certes pavé de bons sentiments tout en étant trop fade. Tendre l'autre joue n'était pas la bonne réponse. C'est plutôt grâce à ses cours d'histoire au collège puis au lycée qu'il se forgea une conscience. L'étude du fascisme, du nazisme et de la Seconde Guerre mondiale le passionna. Il y avait eu la projection de *Nuit et brouillard* d'Alain Resnais, la vision chez lui de documentaires comme *De Nuremberg à Nuremberg*, de la série *Holocauste* ou de *L'Armée des ombres* de Melville, la lecture de manuels scolaires et de livres empruntés à la bibliothèque paternelle, le procès Barbie en 1987. Les camps de concentration, le ghetto de Varsovie, les chambres à gaz, le génocide, les défilés sous les drapeaux à croix gammée, les résistants torturés : identifier le Mal était rassurant et l'on pouvait se construire contre cela. En lisant *L'Humanité* à la maison ou en achetant de temps en temps *Libération*, ainsi qu'en regardant des émissions télévisées comme *Résistances* consacrées aux droits de l'homme bafoués à travers le monde, Olivier réalisa que le fascisme existait toujours au Chili, au Salvador, toutes ces juntes soutenues par les Américains. Il éprouvait effroi et colère quand il découvrait les massacres et violences subis par des opposants, des religieux ou de simples civils victimes d'« escadrons de la mort » et autre soldatesque d'extrême droite. De l'autre côté, le récit des invasions des chars de l'Armée rouge à Budapest et à Prague, ou le coup de force en Pologne par Jaruzelski, l'écœuraient presque autant. Cependant, le résultat semblait moins sanglant et les oppositions de l'intérieur plus molles. Un homme comme Lech Walesa attirait la sympathie, mais il n'avait pas l'allure d'un combattant, juste d'un bon père de famille et d'un syndicaliste. Catholique, il tendait l'autre joue en attendant des jours meilleurs. En revanche, le combat héroïque des moudjahidin afghans qui contraignirent les Soviétiques à se retirer fouettait l'imagination. Depuis leurs montagnes et leurs grottes, le commandant Massoud et ses hommes avaient défait l'une des armées les plus puissantes au monde. La victoire de David contre Goliath : rien de plus revigorant.

En France, la xénophobie envers les immigrés prospérait ainsi qu'en attestaient des faits-divers sanglants et l'émergence du Front national. Suivant la mode, Olivier arbora au lycée la petite main de SOS Racisme tout en pressentant que ce gadget n'était pas suffisant. Aucun parti politique ne le séduisait, il espérait quelque chose de plus efficace contre un adversaire aux visages aussi multiples que changeants. En réalité, et Olivier mit du temps à l'admettre, les faits d'armes le fascinaient par leur dimension romantique, dans la victoire comme dans la défaite. L'Armée rouge à Stalingrad, le débarquement des Alliés en Normandie, les derniers défenseurs de Berlin en avril 1945 parmi lesquels les SS français de la division Charlemagne, la prise du palais national de Managua en août 1978 par un commando de vingt-trois sandinistes à la tête duquel se trouvait le commandant Eden Pastora, les coups d'éclat des moudjahidin en Afghanistan : tout cela formait un album d'images guerrières grandioses dont le pedigree des acteurs – Russes, Américains, nazis... – s'effaçait au final devant la bravoure et la force pure. Mettre la violence au service du Bien et de la Justice, ou au moins au service de l'idéal d'un monde meilleur : c'était possible. Cet idéal guida le jeune homme quand il abandonna ses études pour accomplir son service militaire avant de s'engager dans l'armée. Olivier avait beaucoup lu sur la guerre d'Algérie, la « pacification » et la bataille d'Alger. Il connaissait les « corvées de bois » dont les prisonniers ne revenaient pas, la pratique de la torture, la défense d'un ordre colonial qu'il jugeait injuste, mais le baroud d'honneur des officiers putschistes, dont certains avaient été des héros de la Résistance, et plus tard la fuite en avant des têtes brûlées de l'OAS – même s'il ne partageait pas leurs idées – lui inspiraient un certain respect.

Comme beaucoup de sa date et de son milieu, il aurait pu se laisser vivre, ou plutôt mourir à petit feu. Pointer au chômage, améliorer le quotidien en trempant dans de petits trafics, accepter un boulot pour lequel il n'était pas fait, se fondre dans la masse des exploités et des victimes consentantes. Tout aurait dû l'orienter vers ce programme sans surprises. Son père communiste rêvant d'un monde plus juste mais ayant toujours courbé l'échine, sa mère catholique voyant dans la charité et la bonté individuelle les remèdes au désordre du monde, la faculté d'histoire où il s'était inscrit presque par hasard et où l'ennui ne l'avait pas empêché de décrocher un DEUG, ses deux sœurs vite mariées à des garçons aussi gentils qu'insipides. Même Pierre et Brice, ses meilleurs amis, l'auraient entraîné en dépit de leur marginalité assumée vers les rives d'un conformisme d'autant plus pernicieux qu'il était persuadé d'être rebelle. Avec eux, Olivier avait passé des après-midi, des soirées et parfois même des nuits à écouter Led Zeppelin, Hendrix, la Mano Negra, Noir Désir, Iggy Pop, Miles Davis ou Public Enemy en buvant des bières et en fumant des joints dans le petit appartement où Pierre et Brice « squattaient », comme ils disaient. En fait, le « squat » était payé par la mère de Brice, professeur de français, qui avait trouvé par ce biais un moyen de ne pas rompre tout à fait les liens avec ce fils qu'elle ne comprenait pas. A l'inverse d'Olivier, ses vieux copains de lycée n'avaient pas voulu s'inscrire en fac après le bac et s'étaient lovés dans une douce oisiveté dont l'entretien ne leur coûtait guère. Ils volaient beaucoup dans les magasins en ayant le sentiment de participer à une redistribution des richesses devant laquelle la société rechignait. Au gré de leurs envies, ils chapardaient des boîtes de conserve, des CD, des vêtements, tout ce dont ils avaient besoin ou qui pouvait se revendre à la sauvette. A la Fnac, ils chipaient aussi beaucoup de livres, y compris des Pléiades qu'ils enrobaient dans du papier aluminium afin de neutraliser les puces magnétiques et qui finissaient chez un bouquiniste, et surtout des livres de poche qui les aidaient à passer leurs journées. Ce détail touchait Olivier qui y voyait une certaine noblesse. Pierre et Brice ne lisaient pas des romans pour se cultiver, obtenir des diplômes, se donner un genre ou soutenir des conversations mondaines, juste parce qu'ils aimaient cela. Pourtant, il se lassa de leur indolence et de leurs petites habitudes (une bière, un joint, un tour en ville pour « s'équiper » comme ils disaient, un plan incruste dans une soirée...) qui étaient une façon d'accepter l'ordre établi. Puis, il y avait eu cette soirée où Brice était sorti autour de minuit pour acheter du shit avant de tomber sur une bande de skins qui l'avaient démoli. Des dreadlocks sur un Blanc au look baba cool, cela avait dû motiver les nazillons autant que la perspective de casser de l'Arabe ou du Noir. Deux heures plus tard, Olivier et Pierre avaient découvert leur ami le visage en sang et défiguré, à moitié inconscient, au pied de l'immeuble. Les urgences étaient venues et le jeune homme s'en était tiré. Rien d'irréparable, juste quelques dents en moins et de discrètes cicatrices, mais pour Olivier cette agression fut comme un révélateur. Ses amis étaient des faibles. Dénués de toute conscience politique, ils semblaient déjà condamnés à subir. Combien de temps durerait leur vie de bohème ? L'adolescence pseudo-rebelle pouvait-elle être un mode de vie qui ne les amène pas, un jour ou l'autre, à tomber dans la vraie marginalité ou bien à se ranger en quémandant à leurs familles ou à l'Etat une place au sein de la société ? Pierre et Brice ne pensaient pas, ils se laissaient porter par un ordre social qui les savait inoffensifs. Olivier, lui, se sentait anarchiste. Prêt à en découdre avec les fachos, tout en n'éprouvant aucune indulgence pour les socialos qui, pourris par le pouvoir, s'en étaient mis plein les poches pendant que le pays avait sombré dans le chômage, la désindustrialisation et les soupes populaires que l'on appelait maintenant « Restos du cœur ».

Cette époque qui parlait du cœur comme l'on parle du nez, il n'en pouvait plus. Le fric : il n'y avait que cela qui semblait passionner les gens. Il ne faudrait pas compter sur lui pour marcher dans la combine. Après l'agression, sans réellement en être conscient, Olivier prit ses distances avec ses amis. Il venait moins les voir, les trouvait toujours plus défoncés et préparait sans enthousiasme ses partiels de troisième année. Les examens passés, il prendrait le large, quitterait la ville. Poursuivre ses études aurait pu lui octroyer un sursis, il décida de devancer l'appel et d'accomplir un service militaire dont les trois quarts des étudiants de son niveau se faisaient exempter. Lui, l'anar, sentait que l'ordre et la discipline pourraient offrir sinon une réponse, du moins une réaction, à cette société qu'il n'aimait pas et qui ne l'aimait pas. Dans l'armée, il trouva d'autres valeurs : le dépouillement, le sacrifice, la solidarité, l'effort, le dépassement de soi. Jamais il n'oublierait sa première marche, après les classes, lors de laquelle il avait vomi à plusieurs reprises et dont il n'avait pu voir le bout que grâce à un camarade qui, discrètement, lui prenait le bras gauche et l'aidait à avancer encore. Sur les dix derniers kilomètres, le garçon ne lui souffla que quelques mots – « Courage », « Tiens bon », « Allez », « On y est » – mais qui transcendèrent Olivier en lui faisant oublier ses pieds qu'il devinait en sang dans les rangers. Il ne voulait pas décevoir ce compagnon qu'il ne connaissait pas et qui était cependant, à ce moment-là, la personne la plus importante au monde. Après son service, il avait rempilé et participé à quelques missions dont l'opération Noroît en octobre 1990 au Rwanda. Là et ailleurs, des missions de protection et d'encadrement lui avaient fait découvrir la violence et l'humiliation faites aux plus faibles, la lâcheté et la soumission à des ordres ou des intérêts que la justice et l'honneur ne pouvaient accepter. Au bout de dix-huit mois, Olivier rompit son contrat et retrouva la vie civile.

De retour à Lille, chez ses parents, l'ex-militaire trompa un temps son ennui dans les bars en compagnie d'amis qu'il ne reconnaissait plus guère, en parlant du championnat de foot, en buvant des bières, en draguant sans conviction, en traînant dans les quartiers de son enfance, constatant qu'ils avaient trop changé pour suggérer autre chose que de la déception ou de la nostalgie que seules les villes désespérées savent rendre.

Au bout de quelques mois de retrouvailles sans intérêt dans un quotidien étroit, il proposa ses services à une association humanitaire locale, Aide Directe, très investie dans les Balkans où la guerre faisait rage et dont il avait entendu parler au bar Le Tire-Bouchon. Olivier y rencontra un type de son âge, Jean-Luc Caves, qui le séduisit aussitôt par son enthousiasme tranquille, sa rigueur intellectuelle et sa faculté d'écoute. Jean-Luc apparaissait comme l'un de ces êtres que l'on ne connaissait pas et que l'on croyait connaître depuis toujours quand on les découvrait. Il fallait attendre que la vie ou le hasard permette la rencontre.

A Aide Directe, on confia des responsabilités au nouveau venu dont le CV – notamment un permis B acquis lors de son passage dans l'armée – offrit bien des perspectives. Il y eut alors le premier voyagc à Zagreb et à Mostar pour un convoi humanitaire. Durant ce périple, Olivier, engagé comme chauffeur, vit que Jean-Luc était une belle personne, que son intuition ne s'était pas trompée. Ce jeune homme de vingt-quatre ans, au visage doux à peine vieilli par une fine barbe noire, était allé jusqu'en quatrième année de Médecine, avait travaillé comme externe, puis choisi d'abandonner ses études afin de soutenir plus concrètement encore les miséreux, les malheureux, les oubliés. La route fut longue avant d'arriver à Zagreb et Mostar, via l'Italie, l'Autriche et la Slovénie. Le soir, dans les tristes hôtels ou dans les locaux mis à disposition du convoi par d'autres ONG, Olivier découvrit chez Jean-Luc un frère d'âme. L'ancien étudiant en médecine n'en était pas à sa première mission dans la région. A voix basse et claire, il raconta les soins apportés à des enfants, à des vieillards, à des civils innocents comme à des combattants croates ou bosniaques. Ces récits rappelèrent à Olivier sa propre expérience sous l'uniforme. Soldat, Olivier avait découvert la solidarité, l'altruisme et la fraternité propres aux frères d'armes ainsi que l'impuissance ou la duplicité d'interventions menées sur le terrain, comme lors de l'opération au Rwanda. Avec d'autres soldats et officiers, au-delà de leur mission de protection et d'évacuation des ressortissants français, de formation et d'assistance à l'armée rwandaise, ils portèrent secours à des populations civiles démunies ou menacées. Seulement, une armée comme celle de la France, même mue par le droit international et de justes intentions, se retrouvait bridée, manipulée, détournée de la vocation que lui prêtait Olivier. Il avait quitté l'uniforme dans un mélange de soulagement et de dégoût.

Les deux jeunes gens devinrent inséparables, Aide Directe constituant leur « maison ». Jean-Luc, converti à l'islam et qui vivait sa foi discrètement devant son nouvel ami, au point de se retirer en silence et de manière presque invisible, quand venait le moment de prier durant le long voyage qui les mena en Bosnie, lui parla peu à peu du Coran, d'Allah, de la communauté des croyants, d'un monde enfin réuni et apaisé. Il présenta à Olivier ses amis : Kader et Ahmed, déjà croisés à Aide Directe, Aziz, Hassan, tous liés par la même foi, éclairés de l'intérieur par quelque chose qui les dépassait. Avec eux, Olivier fréquenta la mosquée de Lille nord puis se convertit à son tour. La vie n'était pas seulement ici-bas. Quel soulagement. Jour après jour, Olivier rentrait chez ses parents entre exaltation et sérénité. L'islam indiquait une porte, une route, libre à lui de l'emprunter, mais il sentait l'évidence s'imposer, comme un amour trop longtemps ignoré alors qu'il était là, patient et souriant, les bras ouverts. Enfin, Olivier comprit que tout ce qu'il avait cherché au cours de son existence l'attendait. Peut-on parler de conversion ? Il s'agissait plutôt de retrouvailles. Allah et son Prophète guideraient ses pas. Et Jean-Luc, bien sûr.

Par sa sagesse, sa culture et son humanité, il lui avait montré la voie en donnant à tout le bien qu'Olivier portait en son cœur une direction, une justification. Ce fut une révélation. On ne pouvait pas vivre seul, ni contre. Il vivrait pour. Pour Allah.

Très vite, Jean-Luc suggéra un engagement plus concret.

— Nos frères, en Bosnie, n'ont pas besoin que de couvertures, de médicaments et de nourriture. Ils ont besoin d'argent, d'armes et de combattants. Aujourd'hui, maintenant, pas quand ils auront été tous massacrés. Chaque fils du Prophète doit agir, à son niveau, avec ses capacités. On les tue parce qu'ils sont musulmans, quel fidèle peut accepter cela ?

Oui, une réaction s'imposait, ici et là-bas. Avec ses compagnons, Jean-Luc avait été initié au maniement des armes – de poing, automatiques, lance-roquettes – lors de précédents voyages humanitaires en Bosnie. Une formation suffisante pour se battre. Quant à Olivier, son passage dans l'armée en faisait le plus aguerri du groupe.

— Tu es avec nous ?

— Bien sûr, à jamais et pour toujours.

Jean-Luc décida que le groupe devait rassembler des fonds afin de mener le djihad en Bosnie. Hors de question d'arriver les bras vides.

— Il faut de l'argent pour la cause, pour nos frères. Nous ne pouvons pas les abandonner, répétait-il.

Pendant ce temps, l'Arabie Saoudite, la Turquie, le Pakistan ou l'Iran envoyaient des armes par dizaines de millions de dollars.

Ils commencèrent donc par le plus simple : braquer des supermarchés et des supérettes. Trois raids en une semaine attirèrent l'attention de la presse locale et de la police. Cette dernière optait pour une bande de petits malfrats sans envergure. Elle n'avait pas vraiment tort, tout en ignorant la motivation des malfrats en question. Quand une patrouille de la BAC de Lille repéra, un soir sur un parking, une Mercedes noire déclarée volée, qui avait servi la veille au braquage d'un magasin Casino de la banlieue sud, le déluge de feu qui s'abattit sur les deux agents fut attribué au « Gang de Lille ». Ce 21 janvier autour de 23 heures, Olivier, Kader et Jean-Luc s'apprêtaient à monter dans la voiture quand les policiers en civil surgirent, à cinquante mètres d'eux au milieu de l'allée encadrée par deux rangées de stationnement. Sans se consulter, Olivier et Kader sortirent leur Glock tandis que Jean-Luc ouvrit le coffre pour en extirper une kalachnikov qui lâcha aussitôt deux rafales. Les flics eurent le temps de se mettre à couvert, chacun d'un côté du parking. Le plus grand des deux replié dans sa voiture alluma le gyrophare et prit la radio pour réclamer en hurlant des renforts. Les tirs de Jean-Luc se concentrèrent sur la Renault, les pistolets automatiques de Kader et Olivier, qui avançait vers sa cible, vidaient leurs chargeurs sur la zone où l'autre flic semblait se cacher. Affolés par la violence de la réaction, les agents de la BAC, plus habitués à traquer des petits dealers, n'avaient opposé aucune résistance. L'un avait fait tomber son arme de service, l'autre n'avait pas eu le temps d'en retirer la sécurité. D'un pas sûr, Olivier se dirigeait vers la gauche en jetant un regard entre les voitures. Arrivé à la cinquième rangée, il aperçut un homme accroupi qui tenait ses mains levées autour de la tête pendant que son collègue ayant donné l'alerte, blessé par une balle dans le pied, avait préféré se mettre à l'abri en dévalant un talus. Olivier le mit en joue, baissa son bras puis rejoignit en courant la Mercedes qui l'attendait. Le policier pensa que l'arme s'était enrayée.

Trois jours plus tard, la bande procéda à l'attaque d'une bijouterie. Les assaillants cagoulés, quatre ou cinq, impossible à dire selon les témoignages, avaient tiré en l'air avec des armes de poing pour impressionner les employés avant de s'enfuir avec moins de 10000 francs en liquide. Dans la rue, l'un des hommes avait menacé un automobiliste au volant d'une BMW avant de lui tirer trois balles dans la tête. La voiture leur permit de s'enfuir en dépit du chaos.

— La chance n'existe pas, disait Jean-Luc. C'est Dieu qui commande, qui décide si nous devons vivre ou mourir. La chance n'a rien à voir avec cela.

Kader, qui avait invoqué la chance pour expliquer comment ils étaient sortis indemnes de l'attaque de la bijouterie n'ayant pas tourné à la souricière, était encore sous le choc. Certes, ils étaient tous intacts et apparemment en sûreté dans l'appartement laissé vacant par un ami d'Ahmed non loin de la Cité universitaire, mais la razzia ne s'était soldée que par un maigre butin de quelques milliers de francs, Jean-Luc ayant décrété que s'emparer de bijoux pour les revendre serait trop risqué. Un homme était mort et Kader faisait le bilan : quatre braquages, avec celui de la bijouterie, pour un total de près de 30 000 francs. C'était dérisoire.

— Très bien, on va aller chercher l'argent là où il est, annonça Jean-Luc.

— Dans les banques ? avança Aziz.

— Non, dans les fourgons.

Dès lors, Jean-Luc prépara conjointement deux opérations de plus grande ampleur : l'assaut d'un fourgon blindé et un attentat à la voiture piégée lors de la réunion du G7 prévue à Lille un mois plus tard, mission commandée, disait Jean-Luc, par l'imam Abou Hamza dont les prêches enflammés et les appels au djihad depuis la mosquée londonienne de Finsbury étaient devenus célèbres. Aziz, Kader et Olivier furent impressionnés par la mention de cet illustre personnage que les médias occidentaux avaient baptisé « Capitaine Crochet » en raison de ceux qu'ils portaient à la place de ses mains arrachées alors qu'il tentait de désamorcer une bombe en Afghanistan pendant la guerre sainte contre l'occupation soviétique.

Pour ce double objectif, Jean-Luc avait prévu le renfort de Bachir, Mourad, Rafik et Saïd ; des hommes sûrs, Français eux aussi, qu'il avait rencontrés sur les recommandations du groupe de Montréal dirigé par Fateh Kamel. En attendant de soutenir le djihad en Bosnie par l'apport de fonds servant à amener sur place armes et combattants, Jean-Luc eut besoin de matériel venu des Balkans dont un lance-roquettes. Il était trop exalté et inquiet pour voir l'ironie de la situation.

Un fourgon de la Brink's desservant un grand centre commercial de la banlieue nord de Lille fut la cible du gang. Il « faisait le plein » le dimanche, le mercredi et le vendredi matin autour de 10 heures. Des filatures permirent de baliser son trajet et Jean-Luc annonça que l'avenue Raymond-Dronne, souvent embouteillée le mercredi, serait l'endroit idéal pour intervenir. Jean-Luc, Bachir et Saïd prirent place dans une fourgonnette Peugeot J5 conduite par Rafik tandis qu'Aziz et Ahmed étaient dans la Golf GTI pilotée par Olivier. Kader assurait les arrières au volant d'une Renault 21. Les véhicules communiquaient par talkie-walkie, celui de Jean-Luc au plus près de l'engin de la Brink's suivi de la GTI. Inhabituellement, la circulation était fluide. Le feu rouge au croisement du boulevard Leclerc, là où l'assaut était programmé, passa trop rapidement au vert et l'équipe céda à l'affolement. Les communications étaient mauvaises sur les talkies-walkies et dans moins de cinq minutes le fourgon arriverait à la banque. Au feu suivant, alors que l'avenue Dronne se réduisait à deux voies, Aziz prit l'initiative. Ayant ajusté son masque de carnaval, il descendit du côté passager de la Golf, remonta jusqu'au fourgon et, arrivé à hauteur du chauffeur, tira une rafale de son Uzi contre la porte du conducteur. Malgré une douleur à la jambe due à une balle ayant traversé le blindage, le chauffeur démarra en trombe et grilla le feu avant de s'encastrer cent mètres plus loin parmi des véhicules qui avaient percuté le fourgon. Aziz courait vers l'objectif suivi par Jean-Luc, Bachir et Saïd. Ces deux derniers tirèrent en l'air avec leurs kalachnikov pour faire fuir passants et automobilistes puis visèrent les portes arrière du véhicule. Rien n'y faisait. A moins de vingt mètres, elles tenaient. Le bruit des rafales et des impacts couvrait les cris des passants et des automobilistes s'extirpant des voitures bloquées pour se protéger. Jean-Luc arriva avec le lance-roquettes, s'accroupit, épaula, ajusta, tira. Le fourgon se souleva d'un mètre et retomba sur place, laissant découvrir un trou béant au bas des portes arrière. L'impact n'avait pas été suffisant et bientôt les policiers afflueraient. C'était raté. Seule la fuite offrait une perspective aux braqueurs. Celle-ci fut l'unique satisfaction de l'opération, la Golf et la Renault 21 réussissant à récupérer les assaillants masqués à l'exception de Bachir et Aziz qui s'échappèrent à pied.

« Pour la première fois en France, un fourgon blindé a été la cible d'une attaque au lance-roquettes. C'était en plein centre de Lille ce matin... »

Le Gang de Lille, sauf Rafik et Saïd chargés de brûler les deux voitures utilisées à quelques kilomètres de là, suivait depuis un appartement de la rue Jaulin loué par Jean-Luc le récit de son attaque manquée au journal télévisé de France 2. Le retentissement médiatique réconforta un peu la petite troupe. Jean-Luc se chargea de remonter le moral de ses camarades.

— Nous avons échoué de très peu. Chacune de nos actions nous fait franchir un pas. Et la prochaine sera la bonne. Celle-là, on en parlera aux journaux télévisés du monde entier, mes frères. Rien ne nous arrêtera. C'est comme si c'était fait.

Le plan, en effet, avait le mérite de la simplicité : il suffisait de placer une voiture abritant dans son coffre trois bonbonnes de gaz reliées par un détonateur en face du commissariat central, non loin de là où se tiendrait, trois jours plus tard, la réunion du G7 en présence de dix-neuf ministres des pays les plus riches du monde. L'attentat promettait d'être dévastateur. Le véhicule, une 305 break aux panneaux latéraux tôlés, devait être « préparé » le lendemain dans un garage prêté par un ami de Bachir et Olivier le garerait vingt-quatre heures avant l'explosion prévue pour le 13 mars à 20 h 30. Quelques minutes avant l'heure dite, la voiture fut comme prise d'un tremblement. Elle s'ébroua, mais n'explosa pas, laissant juste de la fumée envahir l'habitacle. Le commissariat central voisin n'eut besoin que de peu de temps pour réquisitionner une équipe d'artificiers chargée de désamorcer la bombe artisanale. Pour Jean-Luc et ses compagnons, il fallut une nouvelle fois se rendre à l'évidence. Radios et télévisions n'annonçaient aucune explosion ayant dévasté le cœur de la ville et la réunion des ministres du G7. En revanche, la réaction des services de police et de renseignement ne se fit pas attendre. Les pistes étaient, il est vrai, peu nombreuses et la plus sérieuse menait à ce Gang de Lille qui s'était signalé par son ultraviolence, son amateurisme, sa détermination, son inconscience. Un cocktail improbable ouvrant le champ du possible à une tentative d'attentat aussi ambitieuse et bricolée que celle qui venait d'être déjouée. La filature d'un certain Bachir Mokhtari, officiant dans le trafic de voitures volées, permit d'identifier Aziz et Kader Khaled, deux frères, des Français d'origine algérienne fréquentant la mosquée de Lille nord et œuvrant au sein d'une organisation humanitaire dont les interventions dans les Balkans attirèrent l'attention car les armes utilisées par le Gang de Lille venaient de la région. La tentative d'attentat mobilisa les plus hautes autorités de l'Etat et autour de minuit fut décidé un assaut par le RAID, au petit matin, d'un appartement niché au quatrième et dernier étage d'un vieil immeuble de la rue Carette loué par Bachir Mokhtari, où les frères Khaled et d'autres individus avaient été vus les semaines précédentes. Une information des services de renseignement canadien établissait que les frères Khaled étaient liés à « la cellule de Montréal », un réseau djihadiste dirigé par un Algérien, Fateh Kamel, proche des islamistes du GIA, et que l'on soupçonnait d'opérer en ce moment en Bosnie. Bien que minces, les éléments concordaient. L'objectif consistait à interpeller les occupants de cet appartement qui devaient être en rapport direct ou indirect avec les récents événements.

Dans le grand appartement de la rue Carette où Aziz, Ahmed, Kader et Olivier s'étaient réfugiés, la soirée avait été aussi morose que tendue. Le rendez-vous téléphonique d'Olivier avec Jean-Luc à 22 heures, depuis une cabine voisine, ne fit que constater la dispersion du groupe. Tandis que

Bachir restait injoignable, Saïd et Rafik étaient partis pour Bruxelles. Quant à Jean-Luc, depuis son appartement de la rue Jaulin, il conseillait à Olivier et aux autres de ne pas quitter leur repère avant un nouveau point téléphonique fixé à midi le lendemain. Lorsqu'il revint à l'appartement, Olivier retrouva ses compagnons nageant dans un mélange de déception, de nervosité et d'inquiétude. Il dut les rassurer sur les capacités de commandement de Jean-Luc, son sang-froid, son intelligence. Et puis, en dépit des circonstances, Dieu n'était-il pas de leur côté ? L'amitié et la chaleur du clan soudé par la foi apaisèrent les esprits. Sauf celui de Kader qui n'arriva pas à trouver le sommeil. Un peu avant 6 heures du matin, il se leva pour aller chercher un verre de lait. Le silence alentour attira son attention. Pas un bruit ne parvenait de la rue au moment où les bennes à ordures s'activaient d'habitude et, plus étrange encore, pas une seule voiture ou deux-roues à moteur ne venaient ronronner sous les fenêtres. Un coup d'œil entre les volets d'une fenêtre du salon confirma le diagnostic. La rue était déserte. Même pas un passant. Ce calme l'apaisa. Au premier passant, il retournerait dans sa chambre à la recherche de quelques heures de sommeil, mais rien ni personne ne vint troubler le vide durant de longues minutes. Seule une pluie de plus en persistante faisait entendre son tintement. Kader comprit. Il allait falloir se montrer courageux et, enfin, efficace.

# II

*Lille, 14 mars 1993, 6 h 32 (heure locale).*

Les premières balles. Ce furent les premières balles qui déclenchèrent le chaos. Crachées par l'Uzi de Kader, elles vinrent s'incruster dans le gilet pare-balles d'un membre du RAID. Sous le choc, il s'effondra. Les projectiles avaient-ils perforé la cuirasse protectrice ? Depuis la fenêtre du quatrième étage, c'était impossible à déterminer.

Pendant que les hommes du groupe d'intervention s'engouffraient dans le petit immeuble, Kader continuait à balayer la rue avec son pistolet mitrailleur. En vain, les flics s'étaient mis à l'abri ou couraient déjà dans les escaliers. C'est par erreur que Kader eut la moitié du visage arrachée. La grenade lacrymogène qui lui emporta la mâchoire n'était, en effet, en rien destinée à cet objectif. Elle devait neutraliser les forcenés reclus dans ce petit appartement. Trois ou quatre hommes selon les forces de l'ordre. Armés, dangereux, auteurs supposés de plusieurs braquages dans le nord de la France.

Découvrant le corps allongé de son frère et le trou sanguinolent qui remplaçait le bas de son visage, Aziz rabattit les volets sur la fenêtre. Ahmed chargeait le fusil à pompe. De son côté, Olivier se bourrait les poches des recharges de son pistolet Glock. Il ramassa l'Uzi de Kader. Les courses dans l'escalier s'étaient arrêtées. Dehors aussi, le calme était revenu. Ahmed se posta au bout du couloir, dans la première chambre sur la droite à quatre mètres de la porte d'entrée. Olivier s'était placé dans la chambre opposée. A eux deux, ils pouvaient croiser leurs tirs et repousser la première vague d'assaillants qui n'avait d'autre choix que d'entrer par la porte... Le ou les premiers qui s'y aventureraient auraient de bonnes chances d'y laisser la peau. Aziz, lui, observait la rue derrière les fenêtres de la chambre occupée par Ahmed. Celles de la chambre d'Olivier donnaient dans la cour intérieure et étaient bouchées par une armoire et un lit. Rien à craindre de ce côté-là.

Combien de temps s'était-il écoulé depuis les premiers coups de feu ? Une minute ? Deux ? Trois ? On ne savait plus.

Olivier admirait la détermination et la combativité de ses compagnons. Certes, il n'avait rien à leur envier quant au niveau de maîtrise des armes, mais leur volonté, leur sang-froid valaient ceux de soldats aguerris. Tout à l'heure, quand Aziz avait découvert le corps de son frère défiguré par la grenade, il n'avait pas cillé. Pas plus que ce jour de janvier où, lors du braquage de la bijouterie, il avait abattu un automobiliste rechignant à céder son véhicule de trois balles dans la tête. Après avoir jeté le corps sur la chaussée, Aziz avait seulement conclu : « Montez, vite, on dégage. »

Et là, qu'allait-il se passer? Saurais-je mourir avec dignité ? se demandait Olivier. Il avait souvent pensé à ce moment-là durant les six derniers mois. Voilà, le temps de la théorie était écoulé.

Pourquoi au moment de se heurter à l'irrémédiable, le sujet de philosophie de son baccalauréat vint lui encombrer l'esprit ? « Les justes causes légitiment-elles la violence ? » Il avait répondu oui en prenant comme exemple la Résistance. Les années de lycée n'étaient pas si loin, elles semblaient maintenant appartenir à un autre monde, une autre mémoire, un autre Olivier. L'Olivier d'*avant* n'existait que par des réminiscences s'invitant subrepticement, mais qui confirmaient l'évidence du chemin qui l'avait mené à Dieu. Certains de ses camarades d'alors devaient encore se pousser aujourd'hui sur les bancs des facultés en achevant d'interminables études tandis que lui était en train de se frotter au réel et à l'essentiel : viser en plein centre.

Toujours le silence. Aziz s'était accroupi aux côtés d'Ahmed. Il avait chargé la kalachnikov. Un cliquetis s'échappa de la porte puis le silence à nouveau. La serrure céda soufflée par une explosion. La porte s'effondra à l'intérieur de l'appartement. Deux secondes s'écoulèrent avant que des silhouettes surgissent de l'escalier pour bondir dans l'appartement. Un premier puis un second homme du RAID s'écroulèrent sur la porte, frappés de plein fouet par la kalachnikov. La riposte des assaillants fut immédiate : des tirs d'armes automatiques giclèrent des deux côtés de la porte. Imprécis, ils criblaient les murs, l'angle de visée des tireurs les empêchant de trouver leurs cibles. Des ombres arrivaient toujours de l'escalier. Ahmed se mit alors au milieu du couloir et vida son fusil à pompe, couvert par l'Uzi et la kalach de ses compagnons. Un homme du RAID tomba encore, une rafale secoua le corps d'Ahmed. Olivier eut le temps de le voir. Il semblait immobile puis ses jambes cédèrent comme un château de cartes. Un petit geyser de sang apparaissait à la base du cou. Puis deux autres sur le thorax. Les tirs redoublèrent. Une grenade lacrymogène roula dans le couloir. Le RAID avait fait taire ses armes et attendait que les reclus se mettent enfin à découvert pour les abattre. Il fallait fuir. Par où ? Devant c'était la mort. Sauter des fenêtres de la chambre ? Impossible. Olivier aperçut une sorte de vasistas au plafond juste devant lui. Etait-ce un leurre ou donnait-il sur le grenier ? De toute façon, il n'avait plus le choix.

— Aziz, couvre-moi !

Olivier prit appui sur le petit radiateur. En équilibre il poussa le vasistas avec son Uzi. Le brouillard dégagé par la grenade le protégeait. Il se hissa par l'ouverture sans difficulté. Son corps, musclé, sec et rapide, était rodé au combat. Il avait fait son service militaire au 21e régiment d'infanterie de marine avant de s'engager. C'était là qu'il s'était initié aux armes et à l'art du combat. Il tendit la main à Aziz qu'une rafale faucha en faisant exploser ses rotules. Il tomba du radiateur et s'écrasa au sol. Les hommes du RAID avaient maintenant envahi le couloir. Deux, presque à genoux, mettaient en joue le blessé tandis que trois autres braquaient leurs armes vers le plafond. Aziz lâcha une dernière décharge sur l'un d'eux avant d'être abattu par trois tirs convergents, tous à la tête. Profitant de la baisse de leur garde, Olivier mitrailla le crâne de l'un des hommes du RAID. Des balles ricochèrent sur son casque de protection.

A l'intérieur, c'était l'affolement. On s'occupait des morts et des blessés, des agents fouillaient les chambres, communiquaient à l'extérieur l'état de la situation. Dans leurs rangs : cinq blessés graves, trois légers. Chez les assaillants : trois morts, un fugitif. Olivier traversait le grenier se heurtant à des malles, des cartons et un cheval en bois. Les propriétaires avaient dû vivre là avec des enfants. Cet appartement avait été peuplé de rires et de jeux. Des cow-boys et des Indiens s'étaient affrontés dans ces chambres et ce couloir.

Au bout du grenier, il brisa la vitre de la petite fenêtre qui s'ouvrait sur le toit. Il s'y engouffra. L'air pur vient lui balayer la figure, nettoyer ses yeux brûlants du gaz lacrymogène, sécher la sueur qui lui coulait sur les tempes, apaiser ses oreilles assommées par les déflagrations. En jetant un regard par-delà son épaule droite, il aperçut la rue Bougainville bloquée de part en part : fourgons blindés noirs, véhicules des pompiers et du Samu, voitures civiles avec gyrophares... Olivier estima son hypothétique avance sur ses poursuivants à une minute. Une minute trente maximum. Il jeta l'Uzi et fonça direction ouest, manquant de glisser sur des tuiles ou des plaques métalliques. Cinquante mètres plus loin, il réussit à atteindre un patio situé à un rez-de-chaussée. Dans sa descente, agrippé à un tuyau d'écoulement, il se brûla le bras contre le crépi du mur puis décida de sauter. Malgré les cinq mètres le séparant du sol, l'exercice ne lui posa pas de problème. Son corps n'était plus qu'un projectile lancé dans sa course. Une pure volonté tendue vers un seul but : sauver sa peau.

Face à lui, dans le patio en forme de U, l'unique fenêtre, qui n'était pas protégée par des volets, céda au troisième coup de pied. Par chance, l'appartement était vide de toute présence humaine. Olivier pénétra dans chacune des pièces sans aucune crainte. Il trouva un tee-shirt blanc, un pull bleu marine, une veste en cuir noir et une casquette qu'il échangea contre son tee-shirt trempé de sueur. Il n'eut pas le temps de vérifier si un peu d'argent ne traînait pas. Deux minutes plus tard, il sortit dans la rue des Censiers. Environ un kilomètre le séparait de l'appartement de Jean-Luc. Sa dernière chance.

*Site de Langley, Virginie, quartier général de la CIA,*
*14 mars 1993, 10 h 32 (heure locale).*

Des actions et des plans foireux, William Burnett en avait connu à la CIA dont il était directeur des opérations extérieures depuis 1990. Pour autant, le programme qu'avait commandé le Président en personne au directeur de l'agence, accompagné de son sous-directeur et de Burnett, près de trois heures auparavant s'annonçait prometteur. La réunion s'était déroulée dans le bureau ovale en présence du secrétaire d'Etat et du ministre de la Défense. On ne pouvait espérer mieux dans la confidentialité et la solennité. A bord de l'hélicoptère qui ramena en quelques minutes les hommes de la CIA à leur siège, Burnett essaya d'évaluer les difficultés à venir selon leur ordre de priorité. Sur l'échelle des bâtons merdeux, il adjugea à cette mission la note de huit et demi sur dix.

Peu avant la déclaration d'indépendance de la Croatie en 1991, l'agence fut chargée de déléguer à des sous-traitants le soin de former et d'encadrer la nouvelle armée croate. Quant aux armes, les Croates les achetèrent essentiellement à des « vendeurs privés » américains qu'on leur avait recommandés ainsi que tout aussi clandestinement à certains pays, dont l'Allemagne. Par ailleurs, les systèmes d'écoute et de surveillance de la NSA avaient permis de leur transmettre des informations déterminantes sur les mouvements et les communications des forces serbes. Les violences avaient commencé par un traditionnel jeu de dominos. En juin 1991, la Slovénie et la Croatie annoncèrent unilatéralement leur indépendance et par là même la fin de la Yougoslavie composée de six républiques : la Serbie, la Croatie, la Slovénie, la Bosnie-Herzégovine, le Monténégro et la Macédoine. Si la sécession de la Slovénie, suivie quelques semaines plus tard par celle de la Macédoine, se fit sans trop de heurts, celle de la Croatie provoqua la réaction de l'Armée fédérale et de groupes paramilitaires serbes ayant proclamé en riposte l'indépendance de la Krajina, région croate peuplée majoritairement de Serbes. Une guerre sans pitié s'était engagée sur laquelle se greffa au début de 1992 la déclaration d'indépendance de la Bosnie qui entraîna la constitution par les nationalistes serbes et croates de l'ancienne République fédérale bosniaque de leurs entités respectives, deux micro-Etats presque fantoches : la communauté d'Herceg-Bosna tenue par les Croates et la République des Serbes de Bosnie. Entre ceux-là, une Bosnie réduite à peau de chagrin tentait d'exister. En résumé, en ce jour de mars 1993, les Serbes, les Croates et les Bosniaques se battaient les uns contre les autres. Dans ce nœud de vipères, les Etats-Unis soutenaient en sous-main les Croates, mais avaient décidé sous l'impulsion de quelques conseillers, dont le célèbre Gregorz Smolarek qui servait déjà sous Jimmy Carter, d'une politique plus audacieuse. Il fallait participer au rapprochement et à l'alliance des Croates et des Bosniaques sur le théâtre de leur affrontement – la Bosnie – afin de prendre en étau les Serbes. Une rencontre entre les présidents serbes et croates, Slobodan Milosevic et Franjo Tudjman, avait eu lieu quelques mois auparavant. Alors que leurs troupes se battaient impitoyablement, hachant menu les civils au passage, ils avaient néanmoins décidé un partage de la Bosnie, c'est-à-dire une disparition de la République dépecée par ses voisins.

Or, l'existence de deux Etats forts au cœur des Balkans était inacceptable à Washington. Tudjman, avait dit en substance le Président des Etats-Unis, il ne serait pas difficile de le convaincre d'abandonner ce projet. Il suffirait de le menacer de couper toute aide militaire, voire de rappeler aux médias occidentaux son antisémitisme et son négationnisme qui lui rendraient alors son vrai visage : celui d'un dictateur d'opérette fascisant. Quant à Milosevic, un ancien apparatchik communiste dopé aux pulsions nationalistes, impossible de négocier, ce type était possédé. Casser la Serbie, le cœur du problème et la plaque tournante au plan géostratégique, s'imposait. Du côté de la Bosnie, la situation n'était pas idéale car son leader, Alija Izetbegovic, présenté comme un musulman modéré, et certains de ses proches qui évoquaient le projet de créer une République islamiste, recevaient l'appui de l'Iran et d'autres pays « voyous », mais son pseudo-pays demeurait le plus faible militairement, donc le plus aisé à contrôler. Sur le plan de la communication politique, il convenait de diaboliser Milosevic, d'épargner Tudjman et de dépeindre Izetbegovic comme un doux agneau garant d'une petite nation multi-ethnique. Des campagnes de presse avaient déjà été lancées, via des ONG américaines et européennes ou des intellectuels influents, pour valider ce schéma.

Vu de la Maison-Blanche, tout était simple. Burnett analysait le conflit sous un autre angle. Ce satané pays que l'on appelait désormais « ex-Yougoslavie » ressemblait depuis trop longtemps à un baril de poudre gardé par des pyromanes. Il se souvenait que la Première Guerre mondiale avait été déclenchée après l'assassinat à

Sarajevo de l'archiduc François-Ferdinand, héritier de l'empire austro-hongrois, par un nationaliste serbe. Lors de la Seconde Guerre mondiale, les autochtones s'étaient encore illustrés avec la création d'un Etat croate qualifié d'« indépendant » et assujetti aux nazis tandis que le croate Tito fédérait la résistance des partisans communistes et que la résistance serbe nationaliste, menée par les monarchistes du général Mihailovic, se battait à la fois contre les Allemands et les communistes de Tito. Bien que s'affrontant sans pitié, les résistants yougoslaves réussirent à embourber certaines des meilleures divisions SS. Moins de cinquante ans plus tard, les Serbes, les Croates et les Bosniaques avaient ressorti les armes. Des camps de prisonniers où régnaient la torture et les exécutions sommaires fleurissaient. Les populations civiles constituaient les meilleures cibles pour les belligérants. Les Serbes de Bosnie s'étaient choisi comme chef un psychiatre à moitié dingue et les milices du psychopathe Arkan, qui se faisait photographier avec un bébé tigre sur le lieu même de ses exactions, semaient la terreur en mettant en pratique la politique de « purification ethnique ». Dans chaque camp, les plus extrémistes avaient pris le pouvoir et donnaient l'impression que tout le monde là-bas voulait en finir, venger les crimes passés et créer de nouvelles frontières dans un bain de sang. Dans ce coin du monde, songeait Burnett, les gens ont la mémoire longue et célèbrent encore comme des fêtes nationales des défaites survenues six siècles plus tôt. Ce maelström lui inspirait l'improbable rencontre entre Dostoïevski et des séries Z hollywoodiennes. L'ex-Yougoslavie, c'était Raskolnikov et *Massacre à la tronçonneuse*. Un mélange de tragédie et de kitsch, d'Histoire et de gore. Pour ne rien gâcher, les haines confessionnelles avaient leur mot à dire puisque majoritairement les Croates étaient catholiques, les Serbes orthodoxes et les Bosniaques musulmans. Les populations et les communautés étant cependant mêlées, la séparation prévue par les maîtres de guerre s'annonçait féroce.

William Burnett allait devoir plonger les deux mains dans ce bourbier et la perspective l'enchantait autant que de traverser un champ de braises en chaussettes de nylon. Juste avant la fin de la réunion, le secrétaire d'Etat émit une dernière idée lumineuse.

— Comme vous le savez, depuis quelque temps, des combattants musulmans étrangers arrivent en Bosnie pour soutenir leurs frères bosniaques. Ils viennent d'Afghanistan, du Pakistan, du Yémen, d'Iran, d'Arabie, de Jordanie, de Syrie, de Palestine ou d'Algérie. C'est encore désordonné et leur accueil soumis à des tensions, mais il faut favoriser cette présence qui peut être précieuse. Sous la forme un peu étroite du « djihad », ils défendent nos objectifs… Nous comptons sur vous, monsieur Burnett. Vous recevrez des instructions quant aux filières et aux personnes à soutenir en priorité.

Pourquoi pas, en effet ? Les fous d'Allah manquaient au casting.

*Paris, 14 mars 1993, 12 h 57 (heure locale).*

Paris baignait dans une lumière grise de printemps pourri accompagnée de crachin quand Jacques Faubert se gara avenue du Maine, non loin du restaurant où il avait réservé, une semaine plus tôt, deux couverts pour 13 heures. Il prit son biper sur le siège passager et le glissa dans la poche gauche de son imper, coupa Radio Nostalgie et sortit de la Golf en jetant un regard circulaire. Une centaine de mètres le séparait de La Cantine où il avait invité son fils Emmanuel pour ses vingt et un ans. En fait, l'anniversaire de ce dernier datait de quatre jours auparavant, Faubert n'avait pu se libérer. D'ailleurs, il n'avait pu se libérer souvent pour son enfant durant ces vingt dernières années, y compris après le divorce avec Marie. Emmanuel avait alors douze ans, sa mère obtint bien sûr la garde et Jacques n'honorait que rarement les week-ends où il avait la charge de son fils. Le travail primait sur tout. Il lui avait coûté son couple, mais dans l'épreuve traversée au moment de la rupture et de longues années après, seul son métier lui avait permis de se raccrocher à la vie. Au final, les choses s'équilibraient. La « centrale », ainsi que l'on baptisait la DGSE, lui avait pris son seul amour, elle lui avait aussi évité de se suicider. Plus rien n'effrayait désormais Jacques Faubert, ce qui était sans doute le pire des dangers dans ses activités. Toute peur l'avait quitté et il posait un regard froid sur le monde qui l'entourait. La lucidité est un exercice de désespoir qui peut détruire les âmes les plus fragiles.

La France s'enfonçait doucement dans les eaux grises de la déliquescence, à peine gouvernée par un vieil homme rongé par le cancer de la prostate depuis plus de dix ans et par un autre, de quinze ans son cadet, qui avec son goitre et son maintien britannico-byzantin paraissait presque aussi âgé. Ce pays suintait l'ennui, la bassesse et la mort. Les écrivains, qui en avaient fait la grandeur ou la honte, parfois alternativement comme Malraux, Sartre, Aragon ou Céline, étaient morts. D'ailleurs, tout semblait mort. Surtout les vivants. Il fallait être une ombre ou un fantôme pour survivre dans ce pré carré ouvert aux quatre vents qu'était la France, frigide, maquillée comme une vieille pute, dans cette fin de siècle qui voyait les frontières, les croyances, les doctrines, les repères s'effacer. La France avait perdu pied. Elle se résumait à de pathétiques souvenirs que tout le monde avait oubliés ou qui ne signifiaient plus rien. En dix ans, le pays avait pris un siècle. Il aurait fallu le délivrer de cette gangue. Seuls des hommes ne doutant pas, des téméraires que les temps présents réprouvaient, en eussent été capables. Pour la plupart, ils étaient ailleurs, en train de se heurter à l'objet. D'autres, tels des clandestins, se frôlaient le long des murs gris, se reniflaient sans oser se reconnaître ni se prendre dans les bras. Ensuite, ils rentraient chez eux, se masturbaient, abattaient leurs femmes et leurs enfants ou s'endormaient en espérant des rêves brutaux.

Jacques Faubert s'abîmait dans ses idées noires, imbibées d'un romantisme poisseux qu'il détestait, en se dirigeant à pas rapides vers le restaurant sur cette avenue fouettée maintenant par un vent glacé qui avait pris le relais de la pluie fine. En poussant la porte et en écartant les rideaux en velours, il pénétra dans la vaste salle évoquant une auberge de mousquetaires, déjà aux trois quarts pleine, d'où s'échappaient des tintements et des fumets très humains. La vie palpitait au détour d'une terrine, de couteaux tranchant avec appétit, de daubes fumantes apportées par des serveuses charnues ou de bouteilles qui se vidaient joyeusement dans des verres tendus. Les hommes ont faim, soif, envie de se retrouver et d'oublier, se dit-il en s'installant à la table devant le comptoir d'où l'on pouvait apercevoir la cuisine de plain-pied et le jeune chef qui avait fait la renommée de l'établissement. Son fils avait déjà six minutes de retard quand Jacques coupa son biper alors qu'une serveuse déposait une petite assiette de charcuterie devant lui. C'était offert et il piocha mécaniquement dans le saucisson sec, le boudin blanc, les grattons et la saucisse de foie. Emmanuel apparut, son regard parcourant la salle avant de repérer la main levée de son père et de se diriger avec cette aisance naturelle qu'autorise la jeunesse vers la table. Jacques se leva, donna l'accolade au jeune homme en lui souhaitant un joyeux anniversaire.

— Excuse-moi, papa, je suis en retard. J'ai été bloqué dans le métro.

— Ce n'est pas grave, mon grand. J'avais de quoi m'occuper, répondit-il en s'asseyant et en poussant ce qu'il restait de l'assiette vers le garçon encore essoufflé.

La prise de la commande ne tarda pas. Poêlée de cèpes, ris d'agneau et riz au lait pour Jacques ; foie gras au pain d'épices, part de lièvre à la royale et terrine d'agrumes pour Emmanuel. Jacques commanda une bouteille de Chateldon tandis que son fils optait pour un verre de rouge, un morgon conseillé par la serveuse. Il est toujours touchant de voir un père et son fils déjeuner ensemble dans un restaurant, se dit Jacques, au moment où ils attaquèrent leurs plats, tout en regrettant de ne pas être un observateur extérieur ayant l'opportunité d'assister au spectacle. C'était peut-être cela le drame de sa vie : être dedans et pas à l'extérieur. Mettre les mains dans le cambouis, comme le disait cette expression déjà presque anachronique, sans avoir une vision d'ensemble. Peut-être que celle-ci était réservée à d'autres. Avaient-ils conscience de leur privilège ? Ou bien le considéraient-ils comme une chose due ? Jacques observait chaque nouvel entrant dans le restaurant. Il reconnut un international de rugby évoluant au Stade Toulousain et un député de droite. Une autre fois, il vit le président de l'Assemblée nationale, serviette au cou et entouré de quelques affidés, s'attaquer à une impressionnante part de cochon de lait.

Jacques Faubert n'avait que cinquante-six ans, ce qui ne l'empêchait pas de songer souvent à sa mort et d'espérer qu'un jour, peut-être, son fils se souvienne de lui avec tendresse et amour. Comme un père certes pas assez présent, mais tout de même marquant. En sortant du restaurant, il glissa à Emmanuel une enveloppe contenant un chèque de 1 000 francs. Les deux hommes se prirent dans les bras sur l'avenue balayée par le vent. Jacques regarda s'éloigner son fils qui se retourna en lançant un signe de la main avant de disparaître dans le flou des silhouettes lointaines. Ce serait une belle journée pour mourir, se dit le père en sachant que le jour n'était pas venu. Son biper indiquait deux appels. Il allait rejoindre son bureau où l'attendait cet assassinat d'un trafiquant d'armes croate survenu deux jours plus tôt en plein Paris. Sous surveillance de la DST et à une moindre mesure de la DGSE depuis près de deux ans, Ivo Topalovic n'avait pu être abattu sans que les services français n'aient été au mieux au courant ou au pire complices. Cette deuxième hypothèse avait été renforcée aux yeux de Faubert par son vieil ami Frankeur qui lui avait affirmé la veille que le trafic d'armes organisé vers la Croatie avait été couvert par plusieurs services au cœur de l'Etat, dont la DST à laquelle appartenait Frankeur. Officiellement, la France s'en tenait à une stricte neutralité à l'égard des belligérants, appelant à un cessez-le-feu, au respect des conventions internationales et à la protection des populations civiles. Les médias hexagonaux soupçonnaient cependant le pouvoir, en particulier le Président de la République, de sympathies pro-serbes en raison des liens historiques noués entre les deux pays notamment depuis la Première Guerre mondiale jusqu'à la résistance au nazisme auquel fut inféodé l'Etat indépendant de Croatie. Un tel scénario pouvait sembler plausible. Si des services de l'Etat avaient participé à la livraison d'armes aux nationalistes croates, alors la situation devenait explosive. Les ministres concernés – Intérieur, Défense, Affaires étrangères – auraient-ils pu ne pas avoir été informés ? A quel niveau commençait le double jeu ?

En s'asseyant dans sa voiture, Jacques Faubert sentit monter en lui une petite vague inerte et désespérée qui était comme le bord des larmes.

*Sud de Zenica, Bosnie, 14 mars 1993,*
*16 h 17 (heure locale).*

Naser Pesic avait pris ses quartiers dans une caserne, située à quelques kilomètres de Zenica, reconvertie en centre de commandement mobile et en prison. A seulement vingt-neuf ans, cet ancien caporal de l'Armée populaire yougoslave dirigeait le troisième corps de l'Armée de la République de Bosnie-Herzégovine. S'il n'avait pas officiellement le titre de Premier commandant en chef des forces bosniaques de la région, ce dernier, Enver Hasanovic, lui avait confié le commandement réel. Depuis le début de la guerre, les faits d'armes de Pesic à la tête de la septième brigade, regroupant les combattants étrangers, lui avaient valu le respect des plus grandes autorités politiques et militaires du pays ainsi que de nombreux Bosniaques. A Zenica, à Sarajevo ou à Tuzla, des posters et des graffitis célébraient son courage en glorifiant le jeune homme comme une star du rock. La mise en déroute de douze blindés du HVO, le Conseil de défense croate, par une centaine de combattants commandés par Pesic était devenue mythologique. Quelques mois plus tôt, en janvier, lors du Noël orthodoxe, ses hommes avaient délivré trois villages occupés par les forces serbes. Près de deux cents ennemis y stationnaient, il n'y eut aucun survivant. La rumeur prêtait à Pesic d'avoir crucifié lui-même un capitaine serbe contre une porte avant de l'immoler. En outre, ses troupes, valeureuses et toujours disponibles, n'hésitaient pas à prêter main-forte au deuxième corps en charge notamment de la défense de l'enclave de Srebrenica engorgée par l'afflux de nombreux civils musulmans.

En ce milieu d'après-midi, les cinq camions remplis de soldats de la dixième et de la dix-huitième brigade entraient dans l'enceinte de la caserne fortifiée. Ils avaient épaulé les hommes du deuxième corps dans une opération de nettoyage visant dix hameaux peuplés majoritairement de Serbes autour de Srebrenica. La plupart des occupants, des civils, furent exécutés sur place, quelques-uns épargnés, dont les femmes violées, afin qu'ils puissent témoigner de la détermination des combattants adverses. Hassan Maza s'avança radieux vers Pesic.

— Nous avons récupéré huit soldats serbes. Ils étaient blessés et cachés chez des habitants de

Grabinca. Il en reste trois. Les autres ont servi à former les jeunes recrues... Je les amène !

Tandis que deux soldats portaient une table en bois au centre de la cour, les prisonniers avançaient sous les coups de pied et les cris de joie des hommes de Pesic. Le plus vieux des Serbes, âgé d'une quarantaine d'années, le visage tuméfié, boitait et sanglotait. Il fut couché sur la table et décapité d'un coup de hachoir. Les têtes des deux premiers prisonniers furent récupérées dans un panier et seraient déposées avec d'autres dans une zone destinée à être reprise bientôt par les Serbes. Cela pouvait paraître anecdotique ou cruel, mais cette guerre était aussi une guerre psychologique. Il fallait effrayer l'adversaire, celui-ci d'ailleurs le savait et ne s'en privait pas en retour. La tête du troisième Serbe servit de ballon de football pour la partie improvisée dans la cour. Au bout de quelques passes et tirs, les yeux et les dents avaient explosé. Ne restait qu'une boule grise et rouge, toujours un peu plus molle, pendant que les rangers et les treillis des joueurs se maculaient de petites taches sombres. Un ancien d'Afghanistan, le front ceint d'un bandeau vert orné d'un verset du Coran, avait sorti un caméscope afin d'immortaliser le match. Pesic, quant à lui, se retira, laissant ses hommes goûter une détente bien méritée.

La Saab 900 arrivait aux portes de Paris et Jean-Luc allait passer par Montreuil où l'attendait un autre véhicule. A son côté, Olivier demeurait silencieux. Lorsque deux heures avant, il avait débarqué chez lui, Jean-Luc savait ce qu'il fallait faire avant même que le survivant de l'assaut ne lui expose l'état des lieux. Ce scénario, Jean-Luc y était préparé. Le programme était simple : atteindre Montreuil, changer de voiture et prendre la route pour Marseille où Brahim et les siens les exfiltreraient.

Les oreilles bourdonnantes et la bouche envahie par un goût de sang bien qu'il n'ait pas été blessé pendant l'assaut, Olivier songeait à ses amis morts. Qu'il s'en fût sorti tenait du miracle. Toute sa vie, finalement, tenait du miracle.

La voiture filait à bonne vitesse, Montreuil n'était plus loin et Olivier se frotta le visage et le crâne comme pour chasser les images de ses camarades morts et apaiser ses oreilles encore vrillées par la violence du combat. Bizarrement, c'est le souvenir de ce père maghrébin et de son petit garçon vus dans le métro parisien, deux ans avant lors d'une permission, qui revint à lui. Olivier, debout, tenant la rampe face à l'une des portes du wagon, leur faisait face tandis que l'homme et son fils, silencieux, étaient assis sur des strapontins. La main que le père posa doucement et furtivement sur les cheveux de l'enfant qui releva son regard vers lui bouleversa Olivier. Cette tendresse sans effusion, cet amour qu'Olivier devinait total, réciproque et désintéressé, il était rare d'en voir une incarnation aussi pure. Combien de temps durerait ce miracle ? La vie devrait être cela : une famille, une communauté réunie autour de sentiments nobles. Il n'y avait pas de nostalgie ni de regrets dans ses pensées, mais une sorte de satisfaction égoïste à l'idée des périls qu'il avait évités : la mort lente et insidieuse des existences marquées par le renoncement, la vacuité obscène de celles guidées par l'appât du gain, le malheur de celles dominées par la misère… Il pensa aussi à l'agent de la BAC qu'il avait épargné quelques jours plus tôt. Ce geste-là, aucun journal n'en avait fait mention. Aujourd'hui tout cela n'avait plus d'importance. Les circonstances atténuantes qu'un éventuel tribunal pourrait lui octroyer ne pesaient rien face à ce qui l'attendait : un combat et un salut auxquels la justice des hommes resterait toujours étrangère.

Le parcours pour arriver à Zenica fut aussi long que tortueux. Il fallut qu'Olivier et Jean-Luc se cachent dans des camions de convois humanitaires, récupérant au gré des haltes d'autres volontaires étrangers. Au final, une vingtaine d'hommes arriva à bon port. En soi, c'était peu, cependant ce peu multiplié chaque jour ou chaque semaine agrandirait les rangs des combattants islamistes. Derrière la façade officielle d'Aide Directe s'activait une organisation fondamentaliste, Anathème et Exil, créée à Peshawar au Pakistan par des vétérans de la guerre d'Afghanistan contre les Soviétiques.

Ce n'était que la deuxième fois qu'Olivier se retrouvait en Bosnie, il se sentit aussitôt chez lui. Tout ce que lui en avait dit Jean-Luc, son passé sous l'Empire ottoman, son présent et surtout son avenir, semblait s'incarner dans les paysages, les êtres, les choses sur lesquelles il posait ses yeux. Enfin, il avait trouvé La Maison, tout en sachant que celle-ci n'avait pas de frontières fixes, qu'elle ne demandait qu'à s'accroître.

A cet émerveillement se mêlaient des accès de mélancolie. Ahmed, Aziz et Kader ne les rejoindraient jamais. Ils avaient eu beau mourir en martyrs, leur absence pesait au cœur d'Olivier. Difficile de ne pas regretter les circonstances qui leur avaient coûté la vie. Elles n'étaient que la conclusion logique d'opérations trop improvisées, menées avec autant d'énergie que de candeur. Ce qui attendait maintenant Olivier et Jean-Luc ne tolérerait pas pareille faiblesse.

## III

William Burnett avait eu le temps d'embrasser ses deux filles avant qu'elles aillent se coucher. Elles avaient réclamé un autre épisode des *Simpson* en voletant comme des papillons dans le séjour, mais celui-ci avait conduit – avec une fermeté ouatée qui serait indissociable bien plus tard de l'image de leur père – les enfants à la chambre. Ensuite, Burnett avait dîné avec sa femme en accompagnant le chou chinois cuit au wok et l'escalope de veau vapeur d'un grand verre de ce rouge de la Napa Valley dont il aimait le goût vanillé qui l'apaisait. Tandis que Rebecca débarrassait, il se servit un whisky avec des glaçons qu'il commença à siroter dans le salon où il brancha le téléviseur sur CNN. Un représentant démocrate, Peter Davis, situé à la gauche du parti, dénonçait avec véhémence la politique économique du gouvernement. Burnett sourit et se dit que cet homme pourrait se reconvertir dans le cinéma si un jour ses amis politiques apprenaient qu'il était depuis des années l'une des taupes de la

CIA au sein de son parti. Goûtant la compagnie de filles mineures, il n'avait guère eu le choix lorsque l'agence lui avait « proposé » de collaborer.

L'infiltration, la manipulation, la désinformation étaient les armes absolues. Rien ni personne ne pouvaient y résister, ici pas plus qu'ailleurs. Le degré de contrôle et de domination qui s'offraient maintenant aux Etats-Unis n'avait jamais été atteint dans l'Histoire. Face à lui, Burnett observait dans son salon l'un des leviers les plus puissants de ce pouvoir inédit : la télévision. De CNN à MTV en passant par les chaînes sportives, pornographiques ou de cinéma, toutes servaient l'*American way of life* avec une puissance de persuasion et de coercition imparable. Le conseiller Smolarek, encore lui, avait théorisé en 1991 lors d'une réunion de la Trilatérale – organisation rassemblant quelques-uns des grands leaders politiques économiques ou intellectuels du camp occidental – l'esprit de cette arme apparemment inoffensive. Il avait baptisé *tittytainment*, mot-valise fusionnant *tit* (seins en argot) et *entertainment* (spectacle), le cocktail d'alimentation suffisante et de divertissement abrutissant censé répondre aux besoins des masses. Au milieu du XXI^e^ siècle, avait-il prédit dans le sillage des plus fins analystes, seul un cinquième de la population active mondiale suffirait au fonctionnement de l'économie. Cela signifiait que quatre-vingts pour cent ne servirait à rien, qu'il faudrait les distraire et calmer leurs frustrations. C'est-à-dire les endormir comme un bébé à qui l'on donne le sein maternel ou un enfant que l'on occupe avec un dessin animé débile. Les deux objectifs allaient d'ailleurs de pair : nourrir et décérébrer. On n'en était pas encore là, il s'agissait pour l'instant de préparer ce nouveau monde pacifié qui devrait encore absorber le choc de quelques guerres avant de naître.

Rebecca s'approcha, passa une main dans les cheveux de son mari et s'assit auprès de lui.

— Tout va bien, chéri ? Tu as l'air soucieux...

— Rien de grave, je réfléchis.

— Ne réfléchis pas trop, cela te donne des idées noires, tu le sais.

Il sourit, l'embrassa et remarqua après son baiser que la ridule sur la pommette droite de Rebecca s'était accentuée. A quarante et un ans, son épouse née dans le Maryland conservait une allure juvénile entretenue par la cosmétique, une intense activité physique ainsi qu'une alimentation soigneusement contrôlée, mais William Burnett aimait que sa femme subisse discrètement l'assaut du temps qui passe. Il ne voulait pas qu'elle ressemble à quelques-unes de ses amies, déjà passées sous le bistouri, refusant leur condition de mortelle jusqu'à prendre le risque qu'on les confonde parfois avec leurs filles adolescentes. Chez eux, Diana et Kathy, âgées de neuf et douze ans, n'étaient pas encore femmes et Burnett se félicitait que leur âge les place encore pour un moment du côté de l'enfance.

Rebecca prit la télécommande pour chercher un film qui lui plût tandis que William sortit finir son whisky dans le jardin, près de la piscine. Ses pensées reprirent leur cours. Il songeait à son rôle et à celui de son pays. Etaient-ils vraiment différents ? Noyauter les instances internationales, les Etats, les organisations non gouvernementales, les partis politiques, les syndicats, les associations, les médias bien sûr : la routine. L'heure était à la globalisation et au nouvel ordre mondial. Les vieux Etats-Nations devaient dépérir et céder la place à des structures supranationales qui, à leur tour, s'effaceraient devant un véritable gouvernement mondial. Dans la réalisation de ce projet, les particularismes, les lois, les règlements, les politiques publiques dans l'éducation, la santé, l'information ou la culture des divers pays seraient détruits. Les façons de vivre et de penser, si différentes à travers la planète, se fondraient dans le moule. Quelques décennies suffiraient à construire ce monde neuf. Le plus dur consisterait à faire sauter les tabous moraux et religieux. Tout le monde savait bien, y compris Smolarek né en Pologne où le catholicisme avait contribué fortement à la chute du communisme, que cette digue serait délicate à éradiquer. Le consumérisme, l'envie, le désir d'accumulation, le narcissisme et la rivalité mimétique avec leur satisfaction immédiate et leur insatisfaction permanente semblaient toutefois en mesure de l'emporter sur des croyances promettant un improbable paradis peuplé d'anges ou de vierges. Seules quelques valeurs ancestrales et ordinaires comme la décence, la générosité, la bonté, la solidarité ou la fraternité risquaient d'entraver l'avènement d'une société entièrement dévouée à la jouissance individuelle et à la lutte de chacun contre chacun, de tous contre tous.

Burnett avait fini son whisky et lança les restes de glaçons dans la piscine. Rebecca avait raison : voilà qu'il se faisait philosophe et que les idées noires le guettaient. Fidèle et dévoué à son pays, il ne put s'empêcher de penser qu'il ne voudrait pas de ce monde nouveau, qu'il contribuait à édifier, pour ses filles. Dans le salon, Rebecca revoyait *Le Parrain II*. « *Une proposition que l'on ne peut pas refuser* ». C'était la phrase la plus célèbre du film de Coppola et celle qui résumait le mieux la situation. On ne pouvait pas refuser ce que proposait le présent. Des agendas, des programmes, des objectifs avaient été établis et les forces qui les mettaient en œuvre étaient telles qu'il fallait être fou ou suicidaire pour les contester. D'autant que les opposants au système paraissaient dérisoires face aux puissances économiques et financières en action. Ce que le communisme avait échoué à établir – un empire mondial –, le capitalisme l'accomplirait avec une efficacité et un assentiment insoupçonnés. Il est vrai que les ennemis du capitalisme avaient facilité les choses.

Ils avaient dit qu'ils travaillaient à construire un paradis, mais leur paradis fut peuplé d'horreurs.

Il fut alors aisé de remplir le vide. La peur de manquer plus que les idéologies expliquait la marche du monde et les désirs des populations, du moins en Occident et en particulier aux Etats-Unis. Quiconque perdait cela de vue ne comprendrait rien aux événements en cours. Le mode de vie que défendaient les Etats-Unis n'était pas du fascisme, ni même un impérialisme dans le sens que l'Histoire avait conféré aux précédentes épopées impériales, de Jules César à Napoléon, contrairement à ce que prétendaient les plus virulents ennemis de l'Amérique. Ceux-là imaginaient des complots, ils avaient trente ans de retard. C'était aussi cela la force de la CIA : posséder deux ou trois tours d'avance sur ses adversaires. Les « gauchistes » – Burnett utilisait ce terme dans un sens volontairement basique et par là même ironique pour désigner « l'ennemi » – avaient beau pourfendre l'implication de l'Amérique et de l'agence dans le renversement d'Allende au Chili en 1973, dans le soutien apporté aux autres dictatures d'Amérique latine et d'ailleurs, ils ne voyaient rien. La publication régulière d'archives déclassifiées ou la production de films hollywoodiens dénonçant les turpitudes de la CIA servaient commodément de rideau de fumée. Ces idéalistes étaient-ils seulement capables d'imaginer qu'ils savaient ce que l'on voulait qu'ils sachent et pas plus ? Leurs scénarios de complots avaient pâle figure au regard de ce qui se déroulait dans le réel. Ils pouvaient bien fabuler sur l'assassinat de Kennedy ou sur la protection apportée naguère à tel ou tel criminel de guerre nazi, ces histoires ne relevaient que du mauvais roman d'espionnage. Oui, ils parlaient de complots, les naïfs. Toute l'Histoire n'était que complots... Plus que jamais les grands récits et les idéologies allaient laisser place à des micro-fictions, des récits morcelés, des fadaises, des rumeurs, des feuilletons. D'autres qualifiaient la marche du monde de conservatrice et de réactionnaire – deux termes antinomiques, ce dont personne ne semblait s'apercevoir, qui facilitaient le brouillage des véritables enjeux. Tout ce qu'ils regardaient était de vieilles photos. L'Amérique, ainsi que ses chefs militaires ou économiques, et avec eux une bonne part de l'Occident, avaient compris que le mouvement était nécessaire et même vital. Tout changerait, rien des façons de vivre et de mourir, des croyances, des valeurs d'autrefois ne subsisterait. C'est cette mutation qui devait rester secrète, presque invisible, du moins dans ses réalités les plus impitoyables.

William Burnett retrouva son épouse dans le salon et lui dit qu'il allait travailler une heure dans son bureau avant de se coucher. Un rapide baiser scella l'accord. Sur l'écran, les mafieux réglaient leurs histoires dans le sang. Les vies violentes finissent violemment. L'être humain est violent par nature. Burnett avait vu le vrai visage de la société. On peut enrober la vérité tant que l'on veut, la déguiser, choisir d'en être une parodie, une farce, mais elle revient toujours. Féroce.

De la terrasse de son vaste appartement au seizième étage de la tour Jade dans le XIII$^{e}$ arrondissement, non loin de la place d'Italie, Jacques Faubert contemplait l'horizon de lumières que lui offrait la perspective. Il y avait des vies, des destinées, des histoires à raconter, des romans à écrire derrière ces lucioles nocturnes. Des gens travaillaient, dînaient, regardaient la télévision, faisaient l'amour, mouraient. L'immensité de la condition humaine, dont il n'avait pourtant là qu'un minuscule relief, le fascinait toujours. C'est pour l'oublier qu'il se penchait sur des cas particuliers, des individus qu'il s'efforçait d'isoler et d'identifier au gré de rapports, d'enquêtes, de dossiers, d'écoutes, de filatures, d'analyses. Du global, il fallait arriver au particulier, l'atteindre, l'étreindre, parfois l'éliminer.

Bizarrement, ce spécialiste du renseignement, chez lequel la mémoire relevait presque de l'hypermnésie, aurait dû faire un effort de quelques dizaines de secondes pour se souvenir avec précision de l'époque à laquelle Marie était partie. Quatre ans ? Cinq ? Six ? C'était en juin 1988. Dès lors, il avait définitivement transformé leur appartement en son second bureau, sans plus avoir à procéder à des négociations conjugales. A la tête du Service Mission au sein de la direction des opérations de la DGSE, Faubert était de ceux que le métier ne quittait jamais. Les trente-neuf heures hebdomadaires lui étaient étrangères. Il n'en tirait aucune fierté, plutôt une certaine honte, celle de se sentir comme un chien attaché à un piquet et qui aboie, persuadé que son rôle est celui-ci. Une sorte d'esclave partagé entre le consentement et l'inconscience. Ce n'était pas plus mal car un mince fil le retenait à la communauté des vivants : son fils, quoique de moins en moins maintenant qu'il était un adulte. Restait le job, la centrale, qu'il ramenait chez lui pour justifier les nuages de cigarettes et les verres de whisky occupant le salon, ses dîners solitaires face à la télévision allumée sans le son tandis que depuis la salle de bains résonnait une radio branchée sur France Info. Ce cadre familier favorisait la concentration jusqu'à ce que la fatigue et l'alcool n'invitent fantasmes, regrets, coups de fil qu'il ne passerait pas, lettres demeurant à l'idée de projet, rêves ou cauchemars. Avant cela, il trouvait matière à réflexion. Ces heures troubles étaient souvent les plus fructueuses de la journée.

Depuis plusieurs semaines, la situation en Yougoslavie et dans ses républiques sécessionnistes occupait Faubert Si l'assassinat d'Ivo Topalovic à Paris, impliqué dans un réseau de trafic d'armes à destination de la Croatie ne concernait pas au premier rang la DGSE, des Français avec lesquels il avait été en rapport l'intéressaient beaucoup plus. En particulier, des volontaires partis se battre auprès des Croates. Il s'agissait essentiellement d'anciens soldats ou légionnaires, certains devenus mercenaires professionnels, et de quelques têtes brûlées, plutôt jeunes, appâtées par l'odeur du sang, le goût du combat, toute cette mythologie noire et romantique que les guerres, surtout les guerres civiles, charriaient dans leur sillage. Le vrai lien entre eux relevait de l'idéologie. Catholiques intégristes, néonazis, fascistes : un historien aurait pu distinguer de subtiles chapelles parmi les quelques dizaines de Français partis servir la Croatie, mais le pedigree général était clairement identifié. Selon la sensibilité, la motivation pouvait être de casser du « rouge » (du Serbe), du musulman (du Bosniaque), de restaurer la Croatie indépendante établie par le Troisième Reich en 1941 ou le simple désir de devenir un « guerrier ».

Dans cette mouvance, un profil avait retenu de longue date l'attention de Jacques Faubert, celui d'Ivan Largovic. En quelque sorte, il avait été un « pionnier ». Ce Yougoslave d'origine croate s'était engagé dans la Légion étrangère en 1973 après avoir fui son pays. Au bout de cinq ans de service, il obtint la nationalité française avant de se reconvertir au début des années 80 en travaillant pour des sociétés de sécurité proches de l'extrême droite hexagonale. Entre quelques séjours en Amérique centrale et latine où il officia en tant que formateur auprès de groupes paramilitaires, Largovic versa dans le banditisme et fut condamné à cinq ans de prison. Rien dans son dossier n'expliquait comment il était sorti de prison en ayant purgé seulement la première année de sa peine de cinq ans ferme. De bonnes fées devaient alors veiller sur lui. En octobre 1990, il prit en otage avec deux complices un riche homme d'affaires pendant plusieurs jours. Les complices furent arrêtés, pas Largovic qui écopa néanmoins d'une nouvelle condamnation de deux ans. Un peu plus tard, la DGSE apprit qu'il avait rejoint sa Croatie natale, qui se préparait à l'indépendance, où il intégra en juin 1991 la Garde nationale croate destinée à constituer le cœur de l'armée en formation. La guerre déclenchée, Ivan Largovic vit sa carrière progresser rapidement jusqu'à ce qu'il soit nommé commandant du district de Split. Ce Yougo-franco-croate avait évidemment conservé de solides liens en France et nul doute que les trafics d'armes vers la Croatie mettaient en scène des hommes plus ou moins proches de Largovic. La piste était prometteuse, mais ces dernières semaines l'assassinat de Topalovic, impliquant vraisemblablement des acteurs croates, fut éclipsé par les agissements du Gang de Lille. La DST avait foiré et l'intervention du RAID sur un appartement occupé par des suspects se révéla un spectaculaire fiasco : des blessés à la pelle du côté des assaillants, trois morts dans les rangs du gang et un homme en fuite. Parmi les membres du groupe, deux avaient attisé la curiosité de la DGSE : les « Français de souche », Olivier Berthet et Jean-Luc Caves.

Ce dernier, âgé de vingt-six ans, s'était rendu plusieurs fois en Bosnie les mois passés pour des opérations humanitaires montées par une ONG pilotée en sous-main par des fondamentalistes musulmans. Là aussi, des armes avaient dû transiter. Quelques heures après l'assaut raté du RAID, un appartement de Lille fut investi avec plus de bonheur. Un agenda téléphonique confirmait des contacts avec le réseau djihadiste de Fateh Kamel à Montréal. Cet Algérien, apparemment parti pour la Bosnie, avait confectionné des manuels expliquant comment faire exploser des immeubles, des ponts et des monuments publics. C'est également en Bosnie que devaient se trouver Caves et Berthet, selon un informateur ayant repéré près de Zenica, fief des combattants islamistes étrangers, des individus parlant français correspondant au profil des deux hommes… Qui étaient ces gens du Gang de Lille ? se demandait Faubert. Leurs « faits d'armes » en France avaient été plutôt pathétiques, bien que déjà meurtriers, avant l'assaut du RAID. Des braquages minables, une attaque de fourgon blindé digne d'un film de guerre, un attentat raté… Le dilettantisme de petites frappes côtoyait le cran d'implacables guerriers.

Début avril, Rafik Tarim, membre supposé du gang, fut arrêté à Anvers lors d'un banal contrôle d'identité. Ses faux papiers ne résistèrent pas longtemps à la fiche Interpol le visant. A la police belge, il déclara que Saïd Salah en compagnie duquel il avait pris la fuite pour Bruxelles, avait rejoint la région de Zenica grâce à l'aide de Mourad Mokri, autre membre du groupe. Extradé vers la France, Rafik Tarim se montra encore plus coopératif. La perspective d'une peine de cinq ans de prison (et d'une libération anticipée), raisonnablement envisageable grâce à des témoignages relativisant ses responsabilités et dressant de lui le portrait d'un naïf impliqué presque malgré lui, entraîna une collaboration fructueuse. Jacques Faubert eut le privilège de l'interroger durant trois séances de cinq heures. Ces interrogatoires permirent la localisation de Bachir Mokhtari en banlieue de Toulouse. Dans la petite maison où il logeait, un important arsenal d'armes, notamment des grenades et des armes antichars, ainsi que des disquettes informatiques furent saisis. Lui qui avait envoyé sa femme et ses quatre enfants en Algérie juste après l'attentat manqué contre la réunion du G7 tomba sous les balles des deux agents de la DST qui l'attendaient dans le salon de sa maison. « Légitime défense », invoquèrent-ils en arguant que le premier geste de Mokhtari avait été de s'emparer du Glock porté sous sa veste. En réalité, il n'avait pas repéré les intrus avant de recevoir quatre balles dans la poitrine et la tête alors qu'il s'apprêtait à poser l'arme sur la table basse devant la télévision. Officiellement, sa mort fut imputée à un règlement de comptes entre dealers. De même, il avait été décidé au plus haut niveau d'occulter les affinités du Gang de Lille avec l'islamisme radical. Des autorités de la République mentirent avec conviction lors d'une conférence de presse le lendemain de l'assaut du RAID. Outre la volonté de ne pas entraver l'enquête en dévoilant les informations détenues par les services français, il ne fallait pas inquiéter l'opinion publique avec de pseudo-ennemis de l'intérieur pouvant attirer l'opprobre sur les centaines de milliers de musulmans, d'étrangers ou de Français d'origine étrangère potentiellement amalgamés par des démagogues à une poignée de djihadistes.

Faubert ne cessait de relire, en vidant son cendrier, les dossiers sur Caves et Berthet réalisés par la DGSE, la DST et les Renseignements généraux. Adolescence et scolarité sans problèmes, des études de médecine pour l'un, d'histoire pour l'autre, interrompues au profit d'engagements désintéressés : l'humanitaire, l'armée. Puis, il y eut la rencontre avec la religion et leur conversion. Pourquoi l'islam ? Sans doute parce qu'ils avaient cru y voir la religion des opprimés. En France, cela faisait longtemps que les églises se vidaient tandis que les spiritualités émergentes, comme le bouddhisme et d'autres pratiques relevant du new age ou d'obédiences sectaires, promettaient d'abord développement personnel et accomplissement de soi. Caves et Berthet n'agissaient pas pour leur petit ego, mais au nom d'un idéal, songeait Faubert. L'islam le plus radical, le djihad, leur offrait autant une religion qu'une idéologie. Vingt ans auparavant, ils auraient été peut-être des moines-soldats de quelque chapelle de l'extrême gauche se battant armes au poing contre l'impérialisme. Finalement, ils n'étaient pas si originaux qu'ils devaient le croire. Nous n'inventons jamais rien ou pas grand-chose, se disait-il. Nous répétons, nous recyclons, nous refaisons toujours dans la farce ou dans la tragédie ce qui a existé avant nous.

Ces gens, Jacques Faubert les considérait comme ses ennemis personnels, des adversaires à neutraliser et à emprisonner, il ne pouvait s'empêcher malgré tout de les respecter car ils avaient une raison de vivre et aussi de mourir. Beaucoup de leurs contemporains se contentaient d'une petite vie, confortable ou médiocre, des minima sociaux ou de la réussite financière que garantissait encore le pays aux plus audacieux et aux moins scrupuleux. Au-delà du cercle de la raison et de la normalité recouvrant la majorité des êtres existait une armée clandestine formée d'irréguliers, de francs-tireurs, de fous, de sentinelles, d'hommes d'ordre et de désordre. Cette compagnie des ombres partageait, sans le savoir, une destinée commune. Ne nous prenons pas au sérieux, se dit-il, de toute façon, il n'y aura aucun survivant.

Pour l'opinion publique mondiale et les médias qui la façonnaient, les conflits en Yougoslavie s'incarnaient d'abord dans le spectacle de villes assiégées comme celles de Vukovar en Croatie qui tomba aux mains des Serbes en novembre 1991, de Dubrovnik ou de Sarajevo dont le siège durait encore en ce printemps 1993 où les trois parties combattaient, en Bosnie-Herzégovine, chacune contre les deux autres. Pourtant, l'essentiel des affrontements se déroulait dans des hameaux, des campagnes, des bourgs, des forêts, des villages ou de petites villes devenant le théâtre de guerres de tranchées comme d'offensives éclair donnant lieu à des razzias, des pillages, des destructions, des exécutions sommaires et autres exactions. Les lignes de front étaient parfois poreuses et mouvantes. Des combats acharnés n'accouchaient que d'avancées et de gains territoriaux dérisoires. Le plus simple et le plus efficace consistait alors à s'en prendre aux civils encore présents, à brûler leurs maisons. De part et d'autre, les prisonniers s'accumulaient : soldats réguliers, miliciens, civils pris avec une arme… On ouvrait des camps dont les plus chanceux des détenus seraient, plus tard, échangés contre d'autres prisonniers. Quelquefois, il suffisait d'être « un homme en âge de combattre » – c'est-à-dire âgé de plus de quatorze ans – pour être considéré comme un ennemi, ce qui pouvait signifier être raflé dans des camions ou de simples bus et finir au fond d'un ravin ou dans un charnier. Dans cette conception très élargie des lois de la guerre, les groupes paramilitaires serbes n'étaient pas les moins féroces.

On « purifiait », on « nettoyait ». Au nationalisme s'était ajoutée l'appartenance « ethnique », avec accessoirement son vernis religieux : orthodoxe, catholique ou musulman. Plus grand-monde ne se sentait « Yougoslave » car la Yougoslavie était en train de s'immoler sur le bûcher de l'exacerbation des différences et des identités enragées. Les premières conséquences de ces conflits furent l'exode ou le déplacement forcé de dizaines de milliers de civils quittant les terres où ils avaient vécu jusque-là. Les images de colonnes de réfugiés formaient l'arrière-plan télévisuel d'une guerre qui semblait surgie du passé et de la Seconde Guerre mondiale pour contrarier l'utopie naissante d'un monde réconcilié par la fin de la Guerre froide et la chute du communisme à l'Est. Les Balkans et Sarajevo, où la mèche de la Première Guerre avait été allumée, rappelaient que l'Histoire n'était pas finie, qu'elle était tragique et sanglante.

En Bosnie-Herzégovine, Zepa, Bihac, Gorazde, Srebrenica ou Tuzla, qualifiées d'« enclaves » ou de « poches », accédèrent à une notoriété inattendue. Là-bas, des alliances ponctuelles et locales entre deux belligérants contre le troisième étaient monnaie courante. On se vendait, on se louait ou on se prêtait du matériel militaire entre parties adverses. Le plus important était de se battre, d'avancer ses pions dans un jeu meurtrier à double ou triple fond. Des gangs mafieux, des affairistes, des politiques ou des milices paramilitaires s'enrichissaient au gré de cette cynique partie d'échecs. Le marché noir et les trafics construisaient des fortunes. Armes, cigarettes, carburant, mercenaires : tout s'achetait. Même des positions militaires étaient à vendre. Au sein de ce vaste commerce et de ce poker menteur, des êtres comme Olivier Berthet et Jean-Luc Caves faisaient figure d'idéalistes. Eux étaient là pour la cause, pour leurs frères, pour Allah. Intégrés dans la 7e brigade de montagne du 3e corps de l'armée bosniaque, ils ne se reconnaissaient pas, à l'instar des autres combattants étrangers, dans les timidités ou le goût des compromissions qu'entretenaient beaucoup de Bosniaques, soi-disant « musulmans ». « Musulmans » : ces derniers ne l'étaient que depuis 1971 quand Tito avait créé cette nationalité en Bosnie, mais le terme n'avait guère de sens religieux. La plupart de ces Bosniaques dits « musulmans » buvaient, fumaient, ne priaient pas, mangeaient du porc. Tous parlaient la même langue que leurs ennemis.

Le quotidien mêlait routine et excitation : entraînement, logistique, patrouilles de reconnaissance... Pour Olivier, le baptême du feu se produisit alors que des membres de son unité s'étaient lancés, une fin d'après-midi ensoleillée, à la recherche de soldats serbes perdus dans une zone de sous-bois et de forêts où ils s'étaient abrités pour échapper aux tirs mal ajustés de leur propre artillerie. Les volontaires n'avaient pas manqué, au premier rang desquels les « Iraniens » et les « Afghans », peut-être les plus valeureux et intrépides parmi les combattants étrangers. Aucun ne portait de casque, juste des bandeaux verts ou noirs autour du front ornés souvent de versets du Coran. La mort ne les effrayait pas. Qu'espérer de mieux que de mourir en martyr ? Repérer l'ennemi fut facile car les membres de la brigade islamiste partaient au contact des Serbes en courant et en criant « Allah Akbar », ce qui déclenchait des ripostes affolées et maladroites permettant d'identifier les cibles. Olivier avançait derrière Daoud, un vétéran afghan de la guerre contre les Soviétiques et la facilité avec laquelle ses compagnons progressaient le surprit. A une centaine de mètres, des silhouettes de soldats serbes se précisaient. Leurs maigres troupes semblaient s'être divisées en deux groupes : une dizaine d'hommes avaient fui vers l'est où ils déboucheraient sur une clairière ne leur laissant aucune chance, les autres – à peu près autant – se dispersaient dans la forêt. Olivier resta avec Daoud et les siens commandés par Abou Al-Maali pour les traquer tandis qu'une vingtaine de barbus exaltés filaient vers la clairière où leurs proies seraient à découvert. Des rafales répétées de kalachnikov ne laissèrent pas de doute sur l'issue de la confrontation. Au cœur de la forêt, le combat n'était pas plus indécis quant au résultat final, l'incertitude ne portait que sur les modalités. Trois Serbes avaient déjà été abattus en tentant une échappée vers l'ouest où s'étaient positionnés des rabatteurs de la brigade, un autre se rendant les bras levés fut exécuté par Daoud sans sommation. Un blessé, cherchant grossièrement à se cacher sous un matelas de feuilles mortes, prit quatre balles d'Abou en personne. Il ne devait pas en rester beaucoup. Il fallut moins de dix minutes pour retrouver les derniers. Trois hommes, de trente-cinq à quarante ans, estima Olivier, avançaient en file indienne sous des coups de pied ou de crosse qui les faisaient vaciller. Ils évoquaient plus des pères de famille que l'on aurait déguisés en leur prêtant un uniforme que de vrais soldats. Abou Al-Maali avait sorti un caméscope afin de filmer la scène. Deux des soldats serbes furent amenés à l'écart tandis que la caméra suivait le troisième, au visage tuméfié, sanglotant et implorant qu'on lui laisse la vie sauve. Les coups de feu qui résonnèrent confirmèrent que ses frères d'armes n'avaient pas eu cette chance. Un Iranien ne cessait de lui tirer les cheveux et de le frapper au visage. Daoud l'écarta pour pointer un revolver sur son crâne en psalmodiant des insultes en arabe que l'homme ne pouvait comprendre. Le coup partit, le corps s'effondra. Abou n'avait rien perdu de la scène. Ces images serviraient à réaliser une cassette vidéo appelant d'autres volontaires à mener le djihad en Bosnie contre les mécréants.

Au fil des mois, la 7e brigade se distingua par ses coups d'éclat et elle donna naissance en août 1993 au bataillon El Moudjahid, composé uniquement de combattants étrangers, car les tensions avec les Bosniaques, même les plus religieux, s'aiguisaient notamment du fait de pratiques soufistes du cru heurtant nombre de salafistes. Quant aux laïcs, ils étaient quasiment considérés comme des ennemis et quelques situations manquèrent de peu de tourner au règlement de comptes sanglant. Olivier constatait ces fractures d'un œil désolé, tout en convenant que les religieux avaient raison. Le combat mené ici devait d'abord concerner chacun dans son âme et l'amener à se conformer aux préceptes de la religion. Eux, les étrangers, constituaient paradoxalement l'avant-garde éclairée de la reconquête. Le fait de rencontrer des chefs religieux et militaires charismatiques galvanisait Olivier. Des muftis, des oulémas, des émirs, comme Abou Al-Maali, montraient la voie. Aussi durs, aussi pieux dans leur foi que dans la guerre. Avoir l'honneur de les côtoyer, d'échanger avec eux, de s'abreuver à leur sagesse valait les meilleurs enseignements. Abou Hamza, le mythique imam de la mosquée de Finsbury Park à Londres, vint encourager les volontaires islamistes à Zenica. Pour Olivier et surtout Jean-Luc, qui avait reçu à Lille des consignes de la part de proches lieutenants d'Abou Hamza, du moins s'était-il plu à le croire, voir et saluer l'imam serait l'un de ces moments que l'on n'oublie jamais. Auparavant, la plupart de ces hommes avaient mené le djihad en Afghanistan, comme Abu Aziz Abdul, magnifique avec sa longue barbe rousse. Ce Saoudien, qui s'était ensuite battu dans le Cachemire et aux Philippines, prit la tête en Bosnie des Forces musulmanes étrangères avant qu'elles ne fusionnent en novembre 1992 dans la 7e brigade comprenant alors trois bataillons. Malgré les tentatives d'organisation de rationalisation croissante de l'Armée de la République de Bosnie-Herzégovine, passant notamment par l'établissement d'une hiérarchie plus claire, certaines brigades et unités bénéficiaient d'une très large autonomie. C'était le cas des combattants étrangers dont les bases arrière et les quartiers généraux se trouvaient régis par la loi islamique. Une telle mansuétude de la part des plus hauts dirigeants de la Bosnie-Herzégovine, dont le président Izetbegovic, était due à l'efficacité de ces volontaires, et plus encore à la générosité des pays qui encourageaient leur présence à coups de dollars, d'aide humanitaire et de livraisons d'armes. Aux yeux de certains, rêvant de rassembler la communauté des croyants, la Bosnie représentait un lieu idéal pour le djihad.

Olivier et Jean-Luc évoquaient cela avec beaucoup d'émotion et de reconnaissance. Grâce à Dieu, ils connaissaient enfin le privilège de servir leur foi au plus près des martyrs. Si l'amitié entre les deux hommes n'avait plus rien à voir avec celle qui s'était nouée dans l'hexagone et s'ils passaient parfois plusieurs jours sans même s'apercevoir, leur fraternité avait mûri. Elle était à la fois plus grave et plus joyeuse, elle avait approché de la mort et de l'éternité. De par sa formation, Jean-Luc pouvait être réquisitionné à l'hôpital de Zenica, ou dans d'autres de fortune, pour soigner des blessés, la plupart du temps des combattants, parfois des enfants, des femmes ou des vieillards récupérés au gré des événements. Il s'efforçait de leur venir en aide avec la ferveur qu'il mettait quand il prenait les armes. La longue barbe qu'il s'était laissé pousser avait adouci son regard perçant et son visage en fer de lance. Aux gens qu'il secourait, il récitait des versets du Coran. Le Beau, le Bien et le Juste les sauveraient. Il n'en doutait pas, le doute était prohibé.

Moins de trois mois après l'attentat au camion piégé du 26 février 1993, contre la tour sud du World Trade Center, la piste d'islamistes extrémistes ne faisait plus de doute. Certains membres supposés du groupe chargé de l'opération avaient déjà été arrêtés et le probable commanditaire identifié : Khalid Cheikh Mohammed. C'était le plus fréquent de ses nombreux patronymes. Koweitien d'origine pakistanaise, il avait vécu aux Etats-Unis puis s'était battu en Afghanistan contre les Soviétiques avant de se retourner contre l'Amérique. Beaucoup d'autres l'imitaient avec l'idée de conduire le djihad sur tous les fronts. A New York comme dans ces contrées exotiques que la plupart des Américains était incapables de situer sur une carte.

Bien que rompu aux coups à plusieurs bandes et aux jeux à cases multiples que ses responsabilités et la politique étrangère de son pays l'avaient amené à pratiquer, William Burnett doutait plus que jamais des actions menées dans les Balkans. Les Croates, jusque-là aidés par Washington, s'en étaient pris aux Bosniaques eux-mêmes en guerre avec les Serbes toujours opposés aux Croates... Tout en continuant d'épauler la Croatie, l'Amérique soutenait aussi la Bosnie auprès de laquelle combattants et surtout armements ne cessaient d'affluer du Proche et du Moyen-Orient, du Soudan, d'Arabie Saoudite, du Pakistan, d'Afghanistan, d'Iran... Burnett voyait clairement à quelle équation aussi absurde qu'insoluble il allait très vite se heurter : serrer les gants de deux boxeurs en espérant un match nul et une revanche commune contre un troisième, en l'occurrence la Serbie. Ensuite, il faudrait ramener tout le monde à la raison et à la table des négociations. Or, la paix est toujours plus dure à gagner que les guerres. Certains ne lâcheraient pas facilement les armes pour des compromis nourrissant rancœur et déception. Le combat se poursuivrait, sous d'autres formes.

Le rapport qu'il avait sous les yeux établissait comment des ONG humanitaires œuvraient en réalité dans le trafic d'armes. La plus active était sans conteste la Restore Peace World Association installée à Vienne au sein de laquelle siégeaient des dignitaires du gouvernement bosniaque, souvent de vieux compagnons du président Izetbegovic avec qui ils avaient créé son parti nationaliste, le SDA. On découvrait dans l'organigramme de cette « Association pour la paix » le vice-Premier ministre, le ministre de la Défense ou l'ambassadeur à Téhéran. C'est pourtant un Soudanais, Fatih Hassanein, que l'on trouvait à l'origine de l'ONG et son pays, où le Front islamique national avait pris le pouvoir en 1989, était devenu une plaque tournante pour les islamistes les plus radicaux comme ce richissime homme d'affaires saoudien, Oussama Ben Laden, un ancien combattant d'Afghanistan très actif dans la Restore Peace World Association. Un autre personnage s'employait avec ferveur dans l'envoi d'armes vers la Bosnie : Omar Abdel Rahman, alias « le cheikh aveugle ». Expulsé de son pays l'Egypte après l'attentat qui causa la mort de Sadate en 1981, ce chef religieux était parti pour l'Afghanistan puis obtint en 1990 un visa pour les Etats-Unis où à New York ses prêches incendiaires contre les Américains et les juifs attirèrent l'attention du FBI. On le soupçonnait d'ailleurs d'être mêlé à l'attentat contre la tour sud du World Trade Center.

Des mois avant le déclenchement des hostilités en Yougoslavie engendré par les proclamations d'indépendance de la Slovénie et de la Croatie en juin 1991, suivies par celle de la Bosnie en avril 92, les armes avaient afflué dans la région. Comment des Républiques constitutives de la Yougoslavie auraient-elles pu former des armées et des groupes paramilitaires au sein d'une fédération représentée par une armée nationale sans une « aide » extérieure ? Pour la Croatie, l'armement était notamment venu d'Allemagne et de Hongrie. Du côté de la Bosnie, Sead Musemic, proche d'Izetbegovic et vice-président de la RPWA, supervisait dès 1991 le trafic d'armes avec le soutien de Denis Veskovic, patron de la police bosniaque. Au fil du temps, le système se perfectionna et s'amplifia : de la Turquie à l'Iran en passant par l'Arabie Saoudite ou le Pakistan ; d'efficaces réseaux alimentèrent en deutsche marks et en armement la Bosnie luttant pour son indépendance.

Evidemment, les Américains n'étaient pas restés inactifs. Dans deux heures, Burnett recevrait dans son bureau Scott Walker, ancien général de l'US Air Force reconverti au sein de la Military Professional Resources Inc dont il était devenu l'un des responsables. La MPRI, ainsi qu'on la désignait entre gens bien informés, était l'une de ces sociétés privées liées au gouvernement américain pour ses opérations militaires clandestines dans des pays étrangers. D'autres compagnies, comme Air America ou Blackwater Security, se partageaient un marché rémunérateur. En langage politiquement correct, on appelait cela du « consulting ». En vérité, il s'agissait de mercenaires d'élite, loin des aventuriers ayant eu leur moment de gloire durant la Guerre froide et qui se vendaient au plus offrant. Tirant sa réputation de caractéristiques et de qualités uniques dans le conseil militaire, la MPRI, créée en 1987 par huit anciens généraux de l'armée américaine offrait un autre visage que les firmes proposant les services de soldats de fortune, plus ou moins fiables et plus ou moins efficaces, aux quatre coins du monde. D'abord, la MPRI ne travaillait qu'avec le gouvernement américain, elle était l'un des bras armés et secrets du Pentagone. Le pedigree de son personnel, issu de l'élite militaire américaine, garantissait la loyauté envers la politique étrangère de Washington, ainsi qu'une étroite collaboration avec le Département d'Etat et le ministère de la Défense. De plus, avec 1 500 employés actifs et un réseau de plus de 12 000 « collaborateurs », elle était capable de renverser une situation sans avoir à assumer les risques et les coûts politiques de l'engagement de l'armée américaine.

Si officiellement, la MPRI et son personnel ne participaient à aucune opération de combat, ses services se révélaient en pratique plus directs. Les hommes de la firme n'hésitaient pas à quitter les « salles de cours » et les théories tactiques pour aller sur le terrain, superviser ou encadrer le déploiement de troupes et de matériel. Mieux encore, la MPRI, de par son intégration au sein de l'appareil d'Etat américain, se révélait une puissance politique et diplomatique. Elle possédait les muscles, mais aussi un cerveau. Dans la Croatie nouvellement indépendante, elle avait participé à la mise en place d'une armée renforcée par des membres d'une diaspora passés par les écoles militaires occidentales. La victoire des partisans communistes de Tito en 1945 avait provoqué l'exil de dizaines de milliers de Croates ayant collaboré au premier Etat croate inféodé au Troisième Reich. Beaucoup de leurs enfants et de leurs petits-enfants avaient grandi en rêvant d'un retour dans la mère patrie. Le moment était venu. Cet héritage et surtout l'apport étranger, au premier rang duquel celui des Etats-Unis, avaient permis d'édifier en quelques mois une armée moderne et opérationnelle riche de 250 000 hommes s'appuyant sur les pratiques tactiques et stratégiques américaines. Les résultats furent spectaculaires puisque les premiers mois du conflit entre Croates et Serbes contrôlant l'Armée fédérale yougoslave virent les « sécessionnistes » tenir la dragée haute à leurs adversaires épaulés par des milices paramilitaires locales. Flexible, rapide, efficace, financièrement attrayante et licite selon ses statuts officiels au regard du droit international ; la MPRI était le meilleur allié quand on voulait mener une guerre.

Scott Walker se présenta avec dix minutes d'avance, ce qui correspondait à sa conception de la ponctualité, et fut reçu sans attendre par Burnett. L'ancien général, cintré dans un costume bleu nuit trop étroit faisant des plis à une chemise bleu pâle ornée d'une fine cravate noire, affichait les clichés de sa fonction : de la poignée de main virile à la nuque raide en passant par les cheveux ras blonds parsemés de gris et par l'élocution martiale. Un bon sourire venait de temps à autre contredire cette galerie d'archétypes. L'objet du rendez-vous était d'établir précisément le degré d'engagement à ce jour de la MPRI auprès de la partie bosniaque alors qu'un investissement plus important – notamment en encadrement de livraisons d'armes – était prévu par Washington. Visiblement, une telle mission ne surprit pas Walker. Bien sûr, le soutien principal demeurait celui apporté aux forces croates et l'aide aux Bosniaques devait rester la plus secrète possible.

De fait, la MPRI épaulait discrètement l'arrivée des moudjahidin en Bosnie dès 1992 tandis que la CIA avait un agent en contact sur place avec le 3e corps d'armée, celui regroupant l'essentiel des combattants islamistes. Concernant l'importation d'armes, l'action de la RPWA était incontournable tant la présence à sa tête de certains des plus hauts responsables bosniaques présentait l'assurance, en principe, que les livraisons arrivent à leurs destinataires sans que des trafics locaux ne viennent en détourner une part trop importante au profit de chefs de milices ou de mafieux locaux prêts à commercer avec les Serbes et les Croates. L'Arabie Saoudite s'apprêtait à accentuer son effort ainsi que l'Iran, ce qui suscitait quelques tensions entre Washington et la CIA. A l'intérieur de l'agence, beaucoup de responsables, dont Burnett, répugnaient à cette alliance passive avec un régime qui avait laissé tant de mauvais souvenirs : de la prise d'otages de l'ambassade américaine en 1979 au scandale de l'Irangate, déjà pour du trafic d'armes en faveur des « Contras » du Nicaragua. Cependant, le Département d'Etat et le Pentagone certifiaient qu'ils tenaient avec le général bosniaque Murat Alagic l'homme de confiance veillant à contenir l'influence des mollahs dans la région et le conflit. Alagic, selon eux, rééquilibrait le poids de l'ambassadeur de Bosnie en Iran, également membre de la RPWA et fervent allié de Téhéran, tout en s'assurant que les Sunnites d'Arabie, du Pakistan, d'Afghanistan ou d'Egypte réduisent par leur nombre le rôle et l'implantation des Chiites. Ces subtils dosages faisaient le bonheur des bureaucrates de la Maison-Blanche et du Pentagone, mais rien ne se déroulait jamais vraiment comme annoncé. Les plans les plus imparables, les stratégies les plus élaborées se heurtaient souvent à l'imprévu. L'Histoire pouvait s'écrire à cause de quelques grains de sable. Certains des hommes de l'ombre et des seconds couteaux sur lesquels misait l'Amérique dans les Balkans étaient aussi fiables qu'une passerelle de bois pourri chargée de convois d'explosifs entre deux falaises. Pour Burnett, les liens d'Alagic avec quelques-uns des extrémistes musulmans les plus enragés de la planète n'auguraient que d'un avenir incertain, propice aux mauvaises surprises.

— Vous ne pensez pas, monsieur Walker, que nous avons invité le diable à notre table et que nous le regretterons peut-être un jour, que nous devrons même nous justifier de cela ? lâcha William Burnett en observant sur l'écran de son ordinateur l'organigramme de la RPWA.

— Ne vous en faites pas. Notre pays est loin du conflit et nous contrôlons la situation. Comme partout et comme toujours, il y a là-bas des tordus et des fanatiques. Pour autant, leurs éclats d'obus, leurs massacres en famille ne nous toucheront pas. La MPRI et l'Amérique les aident juste à régler leurs différends. Nous rendons service, en quelque sorte…

Burnett fit mine d'acquiescer et raccompagna son interlocuteur à la porte du bureau. De toute façon, les gens de la MPRI n'étaient jamais inquiétés pour leurs actes. Le privilège de l'ombre leur conférait une sorte d'impunité dont Burnett, et beaucoup d'autres, ne bénéficieraient pas si les choses tournaient mal.

En une petite heure, les deux hommes avaient, pour une part et à leur échelle, contribué à sceller le sort de dizaines, voire de centaines de milliers d'êtres durant les prochains mois. Certains recevraient des armes, d'autres en livreraient, d'autres encore mourraient à cause de ces armes. Des territoires seraient envahis, des villages vidés de leur population, des villes bombardées, des hameaux rasés, des civils tués, parfois violés et torturés. Cela pouvait paraître vertigineux. Burnett n'en était plus là. De par ses responsabilités et sa longue expérience, il ne s'encombrait pas d'états d'âme humanistes. Ce n'était pas la morale ou de quelconques principes religieux qui lui causaient une certaine gêne et une légère inquiétude, comme en procure une dent cariée que l'on répugne à confier au dentiste. Non, il redoutait juste les dommages collatéraux que pouvait provoquer le fait d'avoir choisi de mauvais alliés. Il songeait seulement à protéger son pays et les siens, à ne pas se laisser entraîner dans un brasier. La guerre et les morts, y compris les morts innocents, étaient inévitables. C'était ainsi que se construisaient et vivaient les nations : conquête, défaite, sang et mort.

Plus on vit au cœur de ces enjeux, plus ils deviennent banals. C'est un monde sans filtres. Il peut paraître violent, mais il y a là quelque chose d'honnête, de vrai. Alors, le monde extérieur, celui des gens ordinaires aux préoccupations triviales, paraît étrange et déconnecté du réel. On sait, d'après les récits que font les fictions ou les médias de nos activités, que beaucoup de personnes nous méprisent, songea Burnett. On sait aussi que si c'était possible, les mêmes tueraient pour être à notre place, se dit-il en regardant la télévision de son bureau, branchée sur CNN sans le son, des images de Sarajevo bombardée par des obus serbes.

## IV

Il fallait avoir la foi pour continuer à se battre dans ce nœud de vipères qu'était devenue la Bosnie-Herzégovine, se répétait souvent Olivier pour ne pas abandonner. Lâcher les armes, rentrer en France, ou partir ailleurs. C'était encore possible, enfin, envisageable. Suffisamment du moins pour tenter de tourner le dos aux désillusions. Même depuis son petit point d'observation et d'action, il avait bien vu les compromissions, les arrangements, les honteuses négociations se mettre en place. Par bonheur, parfois, quelques signes mettaient du baume au cœur comme le passage en revue à Zenica des milliers de combattants de la brigade El Moudjahid par le président Izetbegovic lui-même. Il rendit hommage à Abou Al-Maali en le félicitant pour les résultats obtenus et les sacrifices accomplis. Quelques-uns des officiers et des soldats les plus valeureux eurent le privilège d'être présentés au président. Olivier était loin derrière, ce jour-là, néanmoins il reçut la confirmation que ses actes participaient d'une œuvre plus grande que lui.

Berthet, et avec lui tant de combattants étrangers, avait le sentiment d'affronter le monde entier. Des pays frères et de vrais musulmans venaient à leur secours de mille manières, mais, sur le théâtre des opérations, tout le monde composait et l'art du double jeu battait son plein. Ainsi, Olivier apprit de Jean-Luc, qui le tenait de commandants de la brigade, que des positions serbes laissaient passer les soldats d'El Moudjahid vers les lignes croates afin que ceux-ci prennent vraiment conscience du « péril islamiste ». Ce n'était pas idiot car les soldats d'Allah faisaient preuve d'une férocité capable d'impressionner les plus endurcis des fanatiques croates qui, en tant que catholiques, n'étaient pas mieux traités que les chiens orthodoxes serbes. De fait, les volontaires islamistes dans les rangs de l'armée bosniaque s'étaient transformés en des sortes de croque-mitaines pour nombre de leurs adversaires. A raison, ils faisaient peur et il valait mieux ne pas tomber entre leurs mains. Les nationalistes serbes de Bosnie soutenus par Belgrade et l'Armée fédérale yougoslave posaient en défenseurs de l'Occident face à l'islamisme. Toutefois, cet argumentaire, qu'ils tentaient de diffuser dans les médias étrangers afin de prouver l'ingérence de pays musulmans et la dimension « civilisationnelle » du conflit, se heurtait aux images de leurs propres exactions. Aux yeux du monde, les guerres en ex-Yougoslavie étaient l'expression de haines locales et tribales incompréhensibles. En Occident, le siège de Sarajevo, venant après celui de Vukovar et de Dubrovnik, avait fait des Serbes le « méchant » officiel cherchant à édifier la « Grande Serbie » pendant que les activités d'agences de relations publiques américaines, qui achetaient les interventions médiatiques de personnalités et d'intellectuels occidentaux, accentuaient la diabolisation. Même la CIA s'en mêla et obtint pour 50 000 dollars les spectaculaires interviews d'un ancien Prix Nobel dénonçant un génocide.

De tout cela, Olivier était loin. Lui se battait, obéissait, montait au front, priait. Il ne faisait pas de politique, même si la politique le rattrapait. Depuis l'automne 1992, les musulmans bosniaques affrontaient à la fois les Serbes et les Croates. Ces derniers avaient proclamé la communauté croate d'Herceg-Bosna, transformée en République à l'été 93, et les avancées de leurs forces armées contribuèrent à transformer un peu plus la Bosnie en confettis, en un puzzle d'enclaves, à l'image de la ville de Mostar coupée en deux, l'ouest étant sous contrôle croate et l'est aux mains des Bosniaques, les Serbes campant sur les hauteurs et vendant, à l'occasion, leur soutien en artillerie aux Bosniaques… Le conflit s'exporta jusqu'au sein même du camp bosniaque avec la sécession de l'enclave de Bihac dirigée par

Fikret Abdic, l'une des figures du Parti d'action démocratique, la formation des nationalistes bosniaques dont le président Izetbegovic était issu. Abdic, homme d'affaires s'appuyant sur la puissance économique de son groupe industriel installé à Velika Kladusa, réussit à rallier la population à son projet de création d'une Province autonome de Bosnie occidentale. Il monta ses milices, pactisa avec les Serbes et instaura un « corridor humanitaire » entre Bihac et la République serbe de Krajina en Croatie. Les civils sous sa protection dans cette zone s'en tiraient bien, travaillaient, vivaient en paix. Cependant, Abdic dut vite affronter les assauts de l'armée bosniaque qui ne voulait pas laisser subsister un territoire en paix relative dans ce qui devait être un enfer généralisé. Pendant la guerre, les affaires prospéraient. Du moins pour certains. Les Croates d'Herceg-Bosna commerçaient avec leurs ennemis de la République serbe de Bosnie qui eux-mêmes échangeaient, plus discrètement, avec certains fiefs tenus par les Bosniaques. Toutes ces combines étaient écœurantes. Olivier avait entendu que la récente prise du mont Igman à l'ouest de Sarajevo par les Serbes, au mois de juillet, avait en fait été achetée à certaines unités bosniaques. Les trafics et le marché noir semblaient tout commander. Où était Dieu dans tout cela ? De toute façon, Sarajevo n'était que le résidu, en loques certes mais toujours vivace, de la Yougoslavie multiconfessionnelle et multiethnique, cette mythologie en laquelle certains voulaient croire, y compris chez les Bosniaques les plus nostalgiques ou les plus défaitistes. Ce rêve avait pourtant pris fin. Que les chrétiens croates ou serbes veuillent vivre entre eux : Olivier l'admettait volontiers, il n'imaginait rien d'autre pour les siens. Que des Musulmans, des Serbes ou des Croates trahissent et pactisent avec l'ennemi, cela le révulsait. Dans son esprit, des accommodements raisonnables n'étaient possibles que s'ils permettaient au final de mener plus efficacement le djihad. En revanche, se salir avec des infidèles pour de l'argent ne méritait que la mort.

Heureusement, il y avait la guerre. Là, les choses revenaient à l'essentiel : tuer ou être tué. Que les ennemis du jour fussent serbes ou croates importait peu à Olivier. Il s'agissait de se battre, d'avancer. Depuis qu'il était en Bosnie, il maniait quelques rudiments de serbo-croate, avec ses frères d'El Moudjahid il parlait l'arabe qu'il avait appris à Lille. Pour prier, pour vivre vraiment en homme. La véritable frontière entre les êtres n'était pas la condition sociale, la couleur de la peau, la nationalité, minces pellicules au regard de la foi qui pouvait unifier le monde.

Au fil des mois et des combats, une géographie et une toponymie si particulières lui étaient devenues familières. Biljosevo, Vucilovac, Travnik, Mehuric, Zeljezno Polje, Kakanj, Zivinice, Nemili, Bistricak,

Arnauti, Dobrinja, Banovici, Kalosevac, Tesanj, Zavidovici, Gradacac, Zorovici, Konjic, Mostar : la plupart de ces villages, ces bourgs ou ces villes, il les avait attaqués, parfois pris, occupés ou simplement traversés. A l'écart de Sarajevo qui intéressait tant les médias étrangers, il participait avec ses frères, parfois également auprès d'unités ou brigades de l'armée bosniaque comme les « Cygnes noirs » ou la « Légion verte », à des combats aussi essentiels au gré d'offensives qui ne laissaient aucune place à la pitié. Il fallait par ailleurs protéger les civils, les soigner, leur faire parvenir l'aide humanitaire, les nourrir, leur proposer d'accueillir Allah en eux, le seul capable de les sauver. Gagner les cœurs et les âmes participerait à la victoire finale. Pour Olivier, la guerre et la paix allaient de pair, chacune nourrissant l'autre afin qu'advienne le règne de Dieu. La vie s'accélérait, palpitait. Et le Français, qui se faisait appeler désormais Abou Hamza, prenait chaque journée, chaque nuit supplémentaire comme un don. Il ne savait rien, ou pas grand-chose, de ce qui se passait au-dessus de lui, très au-dessus, à Sarajevo, Zagreb, Vienne, Berlin, Riyad ou Washington, mais il avait compris que les chefs religieux et militaires des moudjahidin faisaient confiance au gouvernement bosniaque et au président Izetbegovic, en dépit des conflits locaux avec des officiers laïcs de l'armée ou avec des mafieux autoproclamés commandants de brigades, couverture permettant de s'adonner à leurs trafics comme à leurs exactions contre-productives envers des civils y compris bosniaques.

Le message venant de Sarajevo était clair : desserrer l'étau, conquérir des territoires, gagner l'indépendance de l'Etat. Les gages donnés et les promesses quant à la nature islamiste de la future Bosnie valaient bien quelques compromis de la part des plus radicaux. En mars 1994, la création d'une Fédération croato-musulmane en Bosnie, à Washington sous la pression des Etats-Unis, changea la donne. Bosniaques et Croates se battraient donc ensemble contre les Serbes. Auparavant, des victoires de l'armée bosniaque sur les Croates d'Herceg-Bosna avaient retourné le rapport de forces jusqu'à instaurer un cessez-le-feu. Avec la constitution de cette Fédération, les Serbes de Bosnie se trouvaient privés de leurs alliances ponctuelles avec les Croates et pris à fronts renversés. Ils durent dès lors lever le blocus de nombreuses zones pendant que l'intransigeance de leurs leaders politiques et militaires, les désormais célèbres Radovan Karadzic et Ratko Mladic, le cruel siège de Sarajevo et les crimes commis par leur soldatesque les mettaient au ban de l'humanité. Même Belgrade et ce qui subsistait de la République fédérale de Yougoslavie, réduite à la Serbie et au Monténégro, commençait à prendre ses distances avec ses cousins brutaux et bornés de Bosnie. Milosevic en avait assez des sanctions internationales, de l'embargo sur son pays, des ultimatums et des frappes de l'OTAN, de l'opprobre générale… Les Serbes de Bosnie, comme ceux sécessionnistes de Croatie, avaient joué et avaient perdu. Ils devaient se rendre à l'évidence, négocier, abandonner leur morgue, leur brutalité de soûlards abreuvés de slivovitz, leur sentiment d'impunité. Belgrade les avait soutenus, elle était prête maintenant à les lâcher. A son tour, la Yougoslavie imposa un embargo à la République serbe de Bosnie. De son côté, le 5e corps de l'armée bosniaque reprit la Province autonome de Bosnie occidentale instaurée à Velika Kladusa par Abdic tandis que la zone de Bihac après d'intenses affrontements tomba également sous le contrôle bosniaque et croate. En juillet 1995, la ville de Srebrenica, « zone démilitarisée » officiellement « protégée » par l'ONU, assiégée depuis longtemps et où s'étaient réfugiés de nombreux civils fuyant le nettoyage ethnique de la région, fut en riposte investie par l'armée de la République serbe de Bosnie appuyée par un groupe paramilitaire baptisé « Scorpions ». Ils ne rencontrèrent aucune opposition, les combattants bosniaques ayant reçu de Sarajevo l'ordre de se replier. Après que le général Mladic eut posé devant les caméras de télévision en caressant la tête d'enfants musulmans, ses troupes massacrèrent des jours durant plusieurs milliers d'hommes.

Tout se joua dès lors en quelques semaines. L'offensive croate, la bien nommée opération « Tempête », succédant à l'opération « Eclair » qui avait repris la Slavonie occidentale aux Serbes un peu plus tôt, chassa en quatre jours les mêmes Serbes de Krajina, 100 000 à 200 000 d'entre eux fuyant l'avancée de l'armée croate appuyée par les avions de l'OTAN. A la fin du mois, un nouveau tir d'obus sur le marché de Markale, déjà visé quelques mois avant, causant près de quarante morts et attribué aux positions serbes, provoqua une campagne de bombardements de l'OTAN de près de trois semaines. Planifiée en fait depuis juin, l'opération « Deliberate Force » mobilisa 400 avions, 5 000 soldats, des porte-avions de l'US Navy, pour envoyer plus de 1 000 bombes ou missiles sol-air sur la République serbe de Bosnie. Dans la foulée, une offensive croato-musulmane regagna d'importants territoires serbes. Il fallait faire vite afin d'arriver en position de force à la table des négociations que préparaient les Américains. La guerre devait s'achever, avaient-ils décidé. Au fil de longues tractations, sur la base aérienne de Wright-Patterson dans l'Ohio, furent conclus entre les belligérants les accords de Dayton officiellement signés à Paris le 14 décembre 1995 par Milosevic, Tudjman et Izetbegovic. La Bosnie-Herzégovine se composerait donc de la Fédération croato-musulmane et de la République serbe de Bosnie. Les premiers obtenaient 51 % du territoire, les seconds 49 %. La politique était aussi affaire de mathématiques et de symbolique.

Olivier, lui, n'avait pas le cœur à se réjouir de la paix et de la naissance officielle de la Bosnie-Herzégovine. Après les victoires militaires de l'armée bosniaque rendues possibles par l'alliance avec les Croates et le soutien de l'OTAN, ses officiers s'étaient mis à plastronner. La perspective de la prochaine fin des hostilités laissait entrevoir des promesses de reconversion et de récompenses lucratives. L'atmosphère avait changé et Olivier comprit assez vite que les siens, soldats ne rendant compte qu'à Dieu, allaient devenir gênants, hors sujet. Surtout, il y avait eu la mort de Jean-Luc. C'est Hatem, l'un des lieutenants de la brigade, qui lui apprit la nouvelle le 1er novembre. Son ami avait sauté deux jours plus tôt sur une mine en se rendant dans un village près de Visoko pour examiner des civils blessés.

Depuis qu'il avait vu des cadavres d'enfants tués par des obus, parfois couverts de gravats, démantibulés, défigurés, des femmes égorgées et éventrées, des hommes décapités, Olivier appartenait à une espèce humaine singulière. Celle des êtres qui sont passés de l'autre côté du miroir, comme le dit le lieu commun hérité de Lewis Carroll. Il encaissa l'annonce de la disparition de Jean-Luc avec ce masque de fausse indifférence qu'il prenait face aux grandes peines. Rester digne, se tenir droit, ne pas flancher : cette ligne de conduite ne l'avait jamais quitté. Des images de Jean-Luc lui revinrent, en particulier son regard serein, presque absent, ou bien effrayant comme celui d'un chien enragé. Il était capable de galvaniser ses proches, de les apaiser, sentant quelle situation réclamait l'exaltation ou la paix. Etranger aux soifs contemporaines de la satisfaction immédiate et de la possession inutile, il ne craignait pas la mort et savait que la fuir était chose vaine. Il s'y était préparé, il allait rejoindre la Demeure de Dieu et son âme serait accueillie avec douceur. Sa vie avait été bonne, dense, fervente. Il était mort pour sa foi, pour Allah, pour tous les croyants. Dieu l'avait voulu.

Olivier demanda à voir le corps, mais on lui dit que cela n'était pas possible. Une sépulture dans le cimetière musulman de Visoko avait recueilli les restes du valeureux combattant.

Il chassa de son esprit la vision du corps de Jean-Luc démembré et se souvint de l'une de leurs dernières conversations alors qu'il était acquis que la guerre allait prendre fin.

— Pour nous, mon frère, ce ne sera jamais fini. Quoi qu'il arrive ici, le combat se poursuivra. Jusqu'à la mort ou la victoire finale.

Ces paroles résonnaient en lui, chassèrent les larmes qui s'inviteraient peut-être plus tard. Il songea aussi à ses parents et ses sœurs qu'il ne reverrait sans doute jamais. Trop d'actes sur lesquels il ne pouvait revenir avaient accompli leur œuvre en creusant un gouffre entre eux et lui. En France, du sang avait coulé. En Bosnie, la guerre avait commandé d'autres gestes. La tristesse ne devait pas l'emporter, mieux valait la laisser aux mécréants et aux âmes faibles. Oui, le combat se poursuivrait. Abandonner ne pouvait s'envisager sinon le sacrifice de Jean-Luc et des autres serait trahi. Une rage muette habitait Olivier qui aurait aimé punir les responsables de sa mort. Mais comment punir une mine qui a explosé ou ceux qui l'ont enterrée ? Là n'était pas le plus important. Grâce à son ami, il avait rencontré Allah et rien n'abîmerait ce lien sacré. Jusqu'à la mort et bien après. Quand il retrouverait Jean-Luc.

En ce mois de décembre 1995, Paris avait enfilé ses habits de fête. Le soir, sur les grands boulevards, les façades des magasins et des traînées de guirlandes lumineuses éclairaient les embouteillages encadrés sur les trottoirs par des milliers de passants chargés de sacs. Comme beaucoup de solitaires, Jacques Faubert détestait cette période et avait hâte qu'elle passe en dissipant cette vague d'euphorie obligatoire, de consommation fanatique, de communion artificielle. Depuis le divorce de ses parents, Emmanuel Faubert passait le réveillon de Noël en compagnie de sa mère et, depuis quelques années, celui du 31 avec des copains. Délesté de toute contingence familiale puisque ses propres parents étaient morts une dizaine d'années plus tôt et qu'il avait rompu tout lien avec son frère lors de l'héritage, Jacques Faubert pouvait se consacrer à ce qu'il avait de plus cher : le boulot. Rien ne l'intéressait à part son travail bien qu'il se soit surpris quelques semaines auparavant à accepter l'invitation à dîner d'une jeune femme qu'il croisait régulièrement à l'épicerie Casino de la rue Vandrezanne. Lors de leurs rencontres fortuites, ils avaient échangé des banalités, plaisanté, disserté sur les mérites comparés de telle marque de yaourt ou d'alcool (Malibu ou Manzana pour elle, JB pour lui), avant que Violaine, professeur de français dans un collège de banlieue, ne lui propose de découvrir ses talents de cuisinière. Faubert accepta car son visage mutin, ses expressions désuètes ou sophistiquées (« chic », « goujat », « commensal »), son bon sourire et ses yeux bleus donnaient envie, même à un homme n'ayant plus guère le goût des autres, d'en savoir plus sur elle. « Je pourrais être son père », se répétait Faubert quand elle l'embrassa après un poulet au curry arrosé d'un mauvais vin de Bordeaux qu'il avait acheté chez Nicolas. Tenant leurs rôles, les verres d'après repas se chargèrent de repousser les dernières inhibitions. Ils firent l'amour, du moins Faubert s'efforça de satisfaire le corps fin et musclé de la jeune femme, mais ses cinquante ans bien passés, les milliers de cigarettes fumées, ses muscles distendus compliquèrent la tâche. Il s'essoufflait, toussait, avait des crampes, débandait. C'était pathétique. Au bout d'une heure, Faubert parvint à jouir mollement sans être sûr d'avoir donné du plaisir à sa compagne.

— Je suis trop vieux pour ces conneries comme dit Danny Glover dans *L'Arme fatale*, lâcha-t-il en se retournant sur le dos.

Violaine ne connaissait pas le film sorti en 1987 ni ses suites, les derniers films que son amant d'un soir avait vus en salles. Faubert quitta l'appartement encombré de livres peu avant 2 heures du matin en se promettant qu'ils ne se reverraient plus. Il suffirait de changer de Casino. « Trop vieux pour ces conneries » : l'expression résumait parfaitement la vie sentimentale de cet homme dont le métier, le plus souvent terne et bureaucratique, consistait, au final, à protéger ses concitoyens, son pays. L'héroïsme et la grandeur pouvaient se cacher dans les détails de destinées presque invisibles.

Depuis l'été et la vague d'attentats qui avait frappé la France, dont le plus spectaculaire, celui du RER B à la station Saint-Michel / Notre-Dame, avait causé la mort de huit personnes et en avait blessé plus de cent autres, les services français étaient en ébullition tandis que l'exécutif réclamait des « résultats », à savoir des arrestations et des coupables. Rapidement, les attentats furent imputés au Groupe islamique armé, le GIA, l'un des mouvements au cœur de la guerre civile déchirant l'Algérie. Paris soutenait les généraux algériens au pouvoir et ces violences semblaient punir la France de cet appui à la junte algérienne. Les assassinats de cinq Français à Alger en août 1994 puis la prise d'otages à bord d'un avion d'Air France en décembre, opérations revendiquées par le GIA, avaient déjà entraîné une stricte surveillance du groupe et de ses relais dans l'hexagone comme à l'étranger. Très vite, on identifia les auteurs des attentats, rassemblés au sein d'un réseau composé de quatre branches en France. L'un des membres du réseau, Khaled Kelkal, fut même abattu le 29 septembre non loin de Lyon et sa mort diffusée à la télévision. La DGSE et Faubert se concentraient eux sur les liaisons extérieures des terroristes infiltrés dans le pays. Le profil de Kelkal et d'autres individus interpellés, Algériens ou dotés de la double nationalité, lui rappelait par certains aspects ceux du Gang de Lille qui avait fait aussi couler le sang moins de deux ans plus tôt. C'était en Bosnie pour les uns, en Algérie pour les autres, pays où Kelkal n'avait passé que les premiers mois de son existence, que ces hommes s'étaient radicalisés, avaient découvert la religion et la guerre sainte.

A l'époque où Jean-Luc Caves et Olivier Berthet, considérés comme les leaders du Gang de Lille, avaient été repérés par un informateur en Bosnie, dans les rangs des combattants islamistes étrangers, Faubert avait établi un lien entre les deux Français et un dénommé Fateh Kamel, Algérien installé à Montréal depuis 1987 où il avait obtenu la nationalité canadienne et monté une société d'import-export en spiritueux. Sous sa couverture d'homme d'affaires respectable, Kamel noua des contacts avec de nombreuses organisations djihadistes : en Algérie, auprès du GIA, ainsi qu'en Afghanistan où il semblait être passé par les camps d'entraînement du Saoudien Oussama Ben Laden qui s'était battu contre les Soviétiques avant de former et de financer des groupes terroristes. A Montréal, Kamel réunit une poignée d'hommes sûrs et déterminés. Avec deux d'entre eux, il se rendit en Bosnie-Herzégovine via Zagreb où une cellule était chargée de recruter les volontaires étrangers et de les acheminer vers la Bosnie. Là-bas, Kamel fut nommé responsable de la logistique d'un bataillon, prit les armes et retrouva Jean-Luc Caves – l'un de ses contacts en France – qui le soigna d'une blessure causée par un éclat d'obus. Muni d'un passeport canadien et d'une carte officielle du Haut Commissariat aux réfugiés des Nations unies à Sarajevo, en tant que directeur adjoint de Save Bosnia Now, une organisation humanitaire sur laquelle flottait l'ombre de Ben Laden, Kamel se déplaçait facilement et montait des opérations dans plusieurs pays. Grâce à l'aide du Canada, les services français obtinrent les preuves de sa participation décisive à la coordination des filières du GIA en France. Le Gang de Lille, les attentats à Paris et à Villeurbanne : Fateh Kamel trempait dans tout cela depuis le Canada, la Bosnie, l'Algérie ou l'Afghanistan et Faubert aurait sa tête. Il convenait d'abord de mettre la main sur Caves et Berthet, la fin de la guerre en Bosnie devrait rendre la tâche plus aisée. Quant à Kamel, les Canadiens, les Algériens, sans doute d'autres encore, étaient à ses trousses, la France avait ses chances, se dit Faubert.

Il sourit aussitôt. La France ? Quel grand mot... Se sentait-il vraiment dépositaire de la légitimité que lui avait octroyée son pays ? Oui, mais au nom de quelles valeurs ? Que pouvait opposer ce vieux pays fatigué et dépressif à une force qui montait par-delà les frontières et jusque dans les tréfonds des banlieues ? Qu'offrions-nous au monde ? Des téléphones portables ? Des ordinateurs ? De la pornographie ? Les droits de l'homme ? La belle affaire. Tout s'achetait, se vendait, sauf la foi. En cette fin de XXe siècle, la démocratie et le marché paraissaient avoir gagné la partie face aux anciennes tyrannies, aux croyances ancestrales. Cependant, la victoire n'était qu'apparente. La démocratie marchande ne pourrait rallier tous les esprits. Il y aurait des rebelles, des insoumis, des irréductibles, des incorruptibles, des idéalistes, des fanatiques, des croyants. Les islamistes en faisaient partie.

Faubert connaissait la géométrie des êtres, quand les parallèles se rencontrent, par hasard ou par stratégie, à la grande surprise des naïfs. Ces hommes – Caves, Berthet, Kamel... – qui n'étaient que des noms aux visages flous, il espérait les voir un jour. Ils donnaient un sens à sa vie, une raison de se lever le matin et d'affronter les heures grises, les jours pareils, les semaines interchangeables. Finalement, il avait besoin d'eux plus que de quiconque.

Avec la paix, les combattants étrangers en Bosnie se trouvaient privés de leur raison d'être. Certains avaient rejoint d'autres fronts, d'autres pays, comme la Tchétchénie, car le djihad était un combat global qui ne connaissait pas de frontières. Officiellement, les accords scellés à Dayton prévoyaient le désarmement et le départ des volontaires étrangers, en réalité beaucoup étaient restés. Olivier était de ceux-là. Il ne pouvait rentrer en France et la Bosnie-Herzégovine, désormais souveraine, constituait le meilleur endroit pour échapper à Interpol. Une kyrielle d'organisations humanitaires, de mouvements à vocation religieuse ou culturelle, d'associations de réfugiés, d'anciens combattants ou de familles de martyrs tenait office de paravent aux anciens moudjahidin. Nombre d'entre eux avaient obtenu la nationalité bosniaque pour services rendus. Selon le pays, le réseau ou le groupe dont ils relevaient, ils défendaient différents intérêts. Les Iraniens tentaient d'infiltrer les services de renseignement bosniaques, l'Arabie Saoudite voulait implanter le wahhabisme dans le pays, le réseau de Ben Laden avait besoin de cellules dormantes et de passeports… Des villages ou des bourgs se transformèrent peu à peu en véritables petits émirats où les salafistes travaillaient à la réislamisation des populations. Ce prosélytisme religieux allait de pair avec la formation de noyaux radicaux prêts à reprendre les armes le cas échéant. D'ailleurs, d'importants stocks étaient constitués clandestinement.

Tout cela échappait en partie au président Izetbegovic, à son gouvernement et à son mouvement d'autant que des institutions officielles, telle la Communauté islamique de Bosnie, avançaient leurs propres pions. Durant la guerre, les nationalistes musulmans avaient joué sur le facteur religieux pour obtenir le soutien de pays du Maghreb, du Proche ou du Moyen-Orient, d'Asie, voire d'Afrique noire, ils devaient maintenant composer avec ces alliés devenus encombrants et parfois même envahissants. En outre, une tradition panislamique – dont était issu Izetbegovic – irriguait depuis longtemps la société bosniaque. Le pouvoir ne voulait pas paraître associé aux extrémistes islamistes tout en étant incapable de couper tout lien avec eux. L'argent, les vieilles amitiés, la reconnaissance face au sang versé ne comptaient pas pour rien. De fait, Izetbegovic et les siens cultivaient l'ambiguïté et le double discours qui leur avaient si bien servi jusque-là réussissant l'exploit de rallier à la fois l'Iran et les Etats-Unis à leur cause, de mettre en scène une nouvelle guerre d'Espagne contre le fascisme et un appel au djihad. Aux Occidentaux, ils présentaient le visage aimable d'une Bosnie multiethnique, tolérante, européenne. Aux pays musulmans les plus rigoristes et aux islamistes du monde entier, ils laissaient entendre que la Bosnie faisait partie de la communauté des croyants, l'Oumma, et qu'elle pouvait être une précieuse tête de pont en Europe.

Nulle surprise donc à ce que des zones contrôlées durant le conflit par les moudjahidin se soient métamorphosées en terres de conversion et de reconquête afin de ramener les Bosniaques à une foi qu'ils avaient perdue ou pervertie. Toutefois, la greffe prenait mal et les dollars saoudiens étaient nécessaires afin de construire de nouvelles mosquées ou encore l'activisme d'organisations humanitaires islamistes, à l'instar de la RPWA, auprès de populations en désarroi – réfugiés, veuves, invalides... – pour leur redonner le goût des interdits, des rituels, de la prière. Des tensions apparaissaient, alimentées par l'activisme de cercles religieux affichant de plus en plus ouvertement leur hostilité au pouvoir en place et au parti d'Izetbegovic considéré comme un nid de faux croyants sacrifiant la foi à la politique, des corrompus prêts à tous les arrangements pour conserver leurs prébendes. Si la guerre avait accentué l'islamisation de certains milieux, dont l'armée avec la nomination dans ses rangs d'imams, la paix entraînait une normalisation laïque attisant les rivalités au sein même des religieux.

Olivier suivait ces subtiles luttes d'influence sans vraiment les comprendre, son quotidien obéissait à des exigences plus basiques : se loger, se nourrir, avoir un revenu. Après sa démobilisation, il ne quitta pas Zenica, s'installait dans des foyers quelques jours, ou quelques semaines. La guerre et son adrénaline lui manquaient, la chaleur des hommes qui se battent côte à côte aussi, la prière ne suffisait pas. A bientôt vingt-six ans, il était déjà un « vétéran ». Qu'allait-il devenir ? Une sorte de Rambo des Balkans ? se demandait-il en souriant pour ne pas s'apitoyer sur son sort. Il reprit contact avec le bureau local de l'organisation Anathème et Exil contrôlant l'ONG Aide Directe par laquelle Jean-Luc et lui avaient rejoint la Bosnie. On lui proposa d'aller à Peshawar au Pakistan, où se trouvait le siège de l'organisation, éventuellement de se rendre au Soudan ou en Afghanistan, rien sur place. Il comprit que recaser en Bosnie un Européen blanc, même musulman et ancien moudjahid, n'entrait pas dans leurs priorités.

A l'Académie pédagogique islamique de Zenica où il suivait des conférences pour tuer le temps,

Olivier fit la connaissance d'un ouléma, Faruk Mehmic, devenu mufti de la ville. Les débats théologiques que celui-ci soulevait le dépassaient, mais lors des conversations privées qu'ils prirent l'habitude d'avoir, l'homme se révéla ouvert, bon, prêt à écouter et à soutenir ce fidèle venu de l'étranger. Mehmic se prit d'affection pour ce garçon sincère et seul au point de lui offrir une opportunité inattendue.

— Tu veux vivre ici en musulman, libre et respecté.

— Oui…

— Tu as été courageux, tu as beaucoup donné à Allah. Maintenant, ta vie est là et dans ses mains. Tu dois donc te marier.

Deux mois plus tard, Olivier, alias Abou Hamza, son nom de combattant qu'il avait choisi en hommage au célèbre imam, épousa selon la loi coranique la plus stricte Amila Hesic, troisième fille et cadette d'un couple de paysans vivant dans un hameau à dix kilomètres à l'est de Zenica. Très pieuse, Amila, âgée de seize ans, avait quitté son école coranique deux ans plus tôt afin d'aider ses parents à la ferme. Olivier avait accepté cette union comme une évidence, le début d'une nouvelle existence. Faruk Mehmic lui trouva des vacations à l'Académie islamique comme manutentionnaire et gardien, mais ces maigres revenus ne permirent pas au jeune couple de louer un appartement dans la ville. Olivier souffrait de ne pouvoir subvenir aux besoins de son ménage, le couple passait d'un centre d'accueil au squat d'une maison abandonnée dans un village voisin ou un séjour dans un appartement laissé à disposition par des proches de Mehmic. Cette existence précaire n'altérait pas la bonne humeur d'Amila qui avait repris ses études en rêvant de devenir infirmière. Quelquefois, les époux devaient s'installer chez les parents d'Amila, le temps de dénicher un autre point de chute. Cela ne pouvait durer, enrageait Olivier. Il leur fallait un toit, des murs, un avenir moins incertain. L'absence de perspectives le taraudait, le minait. Cependant, quand la jeune fille enlevait son voile, il retrouvait ses longs cheveux châtains encadrant des joues rondes lui donnant un air d'enfance, enfance dont elle était finalement si proche. Alors, tout se justifiait. Amila ne se plaignait jamais et les mariés partageaient des moments d'insouciance, de joie, de ferveur, d'amour, qui devaient paradoxalement être inconnus de bien d'autres ménages mieux pourvus matériellement qu'eux, ici ou ailleurs.

C'est à l'Académie islamique qu'Olivier retrouva Karim Mansouri, une connaissance de Jean-Luc croisé à l'époque à la mosquée de Lille puis en Bosnie où il était arrivé quelques mois après eux. Karim et son ami Hicham transitèrent par la mosquée de Zagreb, plaque tournante du recrutement de volontaires étrangers, avant d'intégrer l'unité spéciale de la Légion verte basée au camp Al-Djihad dans le quartier de Podbrezje à l'ouest de Zenica. Olivier les avait revus sur des lignes de front, mais l'heure était plus propice à la conversation. Ils évoquèrent la mort de Jean-Luc ainsi que leur sentiment commun d'abandon. A cause de leurs relations avec Jean-Luc Caves, Karim et Hicham avaient été entendus par la police après l'assaut du RAID, ce qui avait provoqué leur départ pour la Bosnie.

— J'ai vite compris qu'à défaut de vous pincer, les flics n'allaient pas tarder à nous passer les menottes pour donner du grain à moudre à leurs supérieurs. On avait les contacts, on a filé, racontait Karim en souriant.

Il n'était le cadet d'Olivier que d'un an tout en conservant l'allure du ado hâbleur qui faisait rire les copains au lycée par son bagout. La situation présente ne promettait guère de lendemains enchanteurs, cela n'empêchait pas de rester léger.

Hicham et lui, eux aussi, faisaient profil bas en essayant de se fondre dans le paysage de la Bosnie en paix qui les considérait comme des invités encombrants pas assez importants pour mériter nationalité bosniaque ou récompense substantielle, suffisamment pour devenir des témoins gênants.

Quand Karim présenta à Olivier Hamed Zemini et Rachid Medjani, deux autres Français engagés dans les brigades islamistes, il vit vers quoi le groupe se dirigeait. Soldats perdus, il ne leur restait qu'à user au mieux de leurs compétences. Puis, l'aura dont bénéficiait Olivier en tant que membre du Gang de Lille motivait ses camarades. A aucun moment, il n'osa avouer qu'à l'exception de leur résistance acharnée et de son incroyable cavale lors de l'assaut du RAID, les actions de la bande échouèrent toutes en faisant couler du sang inutilement. De toute façon, quelle autre issue s'ouvrait à eux ? Ils allaient tenter de récupérer un peu de ce qu'ils auraient dû obtenir en reconnaissance de leur engagement. Les mois avaient passé et rien ne changeait vraiment : de rutilants 4×4 aux vitres teintées roulaient vite, des entreprises étaient rachetées pour une bouchée de pain par les mêmes réseaux politico-mafieux, des anciens combattants ne trouvaient face à eux que des portes claquées ou de belles paroles sans effets, des familles ne subsistaient que par l'aide d'associations caritatives.

Olivier convainquit Amila de revenir chez ses parents le temps qu'il accomplisse un travail qui donnerait enfin au couple les moyens de vivre dignement. Dans un mois ou deux, il reviendrait la chercher et tout serait réglé. Amila sourit, embrassa son mari sur le front et alla se coucher en sachant qu'Allah veillait sur eux. Une légère inquiétude retarda son sommeil. Leur bonheur lui semblait si irréel qu'elle redoutait qu'il ne s'évanouisse.

Il fut facile à Olivier et Karim d'acheter des revolvers dans une région où une poignée de deutsche marks pouvait obtenir un lance-roquettes ou un bazooka tandis que Zenica disposait d'un panel de cibles idéales pour des braquages. Une fois la planque trouvée, un appartement situé non loin du stade loué par un ami d'Hicham, ils établirent une liste d'objectifs dont les plus ambitieux laissèrent place à des razzias faciles : les stations-services. A deux cambriolages nocturnes ne récoltant que de maigres butins succédèrent des hold-up en plein jour à peine plus rémunérateurs. En six semaines, pas grand-chose n'avait été amassé, mais la répétition des vols à main armée attisa l'intérêt de la police. Le 15 février 1997, leur seconde visite à une station braquée le mois avant vira au tragique. Deux coups de feu claquèrent avant qu'Hamed et Rachid cagoulés sortent en courant de la station pendant qu'à cent mètres de là Olivier et Karim guettaient postés devant le van conduit par Hicham. Un homme surgit alors d'une voiture garée sur le parking, dégaina un revolver et tira à trois reprises sur les fuyards sans les atteindre, les quatre autres ripostèrent et leur assaillant s'effondra.

Une heure plus tard, dans l'appartement avec vue sur le stade, le bilan fut vite dressé. Les deux morts, l'employé de la station abattu par Rachid car il lui avait semblé que l'homme allait s'emparer d'une arme et le type qui leur avait tiré dessus, les condamnaient à la clandestinité et à quitter le pays. Hamed et Rachid décidèrent immédiatement d'essayer de rejoindre Zagreb où, espéraient-ils, des contacts leur permettraient de trouver un point de chute moins exposé. Olivier et Hicham iraient eux dans les montagnes avoisinantes où des maisons en ruines, abandonnées depuis la guerre, les abriteraient tandis que Karim se chargerait de solliciter l'aide d'anciens de leur brigade. En quelques heures, le groupe se dispersa. Depuis les masures aux toits éventrés où ils se cachaient, Olivier et Hicham ne pouvaient savoir que Karim avait été arrêté par la police bosniaque un jour après ni que les identités des autres fuyards s'étalaient dans les journaux, à la télévision et dans les rues. Karim avait eu néanmoins le temps d'activer quelques soutiens potentiels et ceux-ci se mirent à la recherche d'Olivier et Hicham dans les zones qu'il avait indiquées comme refuges possibles. Au cinquième jour de leur fuite, alors que les maigres vivres emportés s'amenuisaient, Olivier fut réveillé par un bruit de moteur. Il s'extirpa du sac de couchage posé sur le sol de ce qui avait été naguère une salle de bains, chargea son Glock, prit la kalachnikov. Sa montre indiquait 7 heures du matin. Il réveilla Hicham et tous deux sortirent de la maison. Le moteur s'arrêta, se fit entendre à nouveau. A cinq cents mètres en dessous de leur position, un 4×4 serpentait sur le chemin de terre qui allait mener le véhicule jusqu'à eux. Les phares étaient allumés et stationnèrent devant une bicoque avant de reprendre leur route. On pouvait maintenant entendre des claquements de porte et des voix. S'il s'agissait de la police, elle ne brillait pas par sa discrétion et sa présence dans cet endroit demeurait improbable. Cela devait être Karim. Olivier demanda à Hicham de se poster en amont de la maison et décida d'aller à la rencontre du véhicule la kalachnikov canon tendu vers le ciel. A moins de cent mètres, le 4×4 fit des appels de phares, Olivier s'arrêta pour laisser la voiture venir à lui. Une main s'échappa de la vitre du passager de devant en faisant un salut. A une trentaine de mètres, deux hommes descendirent lentement de l'engin dont le chauffeur avait stoppé le moteur. Olivier ne reconnut pas tout de suite Daoud, auprès duquel il s'était battu, mais la présence à ses côtés d'un homme en djellaba le rassura.

Le convoi était porteur de mauvaises et de bonnes nouvelles. Parmi les premières, Karim avait été pris et les auteurs des braquages présentés par la police comme les médias en dangereux « terroristes étrangers ». Bonnes nouvelles : un deux-pièces sûr les attendait à Zenica le temps d'obtenir les passeports et l'argent nécessaires à leur exfiltration. Il convenait de partir tout de suite afin d'arriver à l'appartement avant 9 heures. Durant le trajet, Olivier, tout en remerciant Daoud de son intervention, s'interrogeait. Comment avaient-ils été identifiés si vite ? Pourquoi les qualifiait-on de terroristes ? Que faisait cet homme armé sur le parking de la station-service ? Ne pas en parler à Daoud aurait paru étrange.

— Tu sais, répondit-il, depuis la paix, c'est la guerre entre tous les services de l'Etat, les chefs politiques et les responsables religieux, les puissances étrangères, ceux qui veulent faire de l'argent… On voudrait nous effacer, faire croire que nous, les moudjahidin, n'avons pas existé. Vous avez été trahis, lâchés par quelqu'un. On ne vous laissera pas tomber. Je vais vous dire ce que vous ne devriez pas savoir. C'est Abou Al-Maali en personne qui m'a envoyé. Votre passé excuse vos erreurs d'aujourd'hui.

En entrant dans le petit appartement, les inquiétudes d'Olivier se dissipèrent. Il y avait à boire, à manger, de vrais lits, une télévision. Plus tard et ailleurs, quand il serait vraiment en sécurité, il s'occuperait d'Amila. La nuit n'était pas encore tombée, alors qu'Olivier et Hicham avaient déjà dîné. Ils déambulaient dans le salon, en cherchant à la télévision un programme qui leur change les idées. L'espoir renaissait. Ils ne pouvaient soupçonner qu'à une trentaine de mètres de là, sur le toit de l'immeuble d'en face, trois tireurs d'élite s'exerçaient à prendre leurs têtes pour cibles.

Désormais, William Burnett devait faire le ménage, éliminer les déchets. Connards de la Maison-Blanche, connard de Président, connard de secrétaire d'Etat, bande d'enculés de conseillers. Même cette tête de nœud de Richard Holbrooke, notre « Monsieur Balkans » et maître d'œuvre des accords de Dayton, avait reconnu devant un journaleux qu'il y avait eu en Bosnie un « pacte avec le diable », en l'occurrence avec ces putains d'islamistes. Très bien, empaffé. Et qui allait se charger de casser le « pacte » ? Qui avait dit trois ans avant « Allons-y mollo les gars, les barbus ne sont pas nos amis… » ? Voilà, maintenant, tout le monde était d'accord ou presque. Lui avait vu le tableau depuis le début. On y arrivait. Il faudrait qu'il fasse éclater ces furoncles un à un.

Dans ces guerres à tiroirs qui avaient déchiré l'ex-Yougoslavie, les Etats-Unis s'étaient impliqués en aidant en sous-main la Croatie puis la Bosnie-Herzégovine avant de pousser les deux à s'allier contre les Serbes. Pour cela, Washington avait laissé faire et ensuite encouragé l'afflux de devises, d'armes et d'hommes en provenance de pays musulmans ou d'organisations islamistes. On trouvait dans cet étrange agglomérat des alliés sûrs comme la Turquie et l'Arabie Saoudite, des « Etats voyous » comme l'Iran, et surtout une pléthore de groupes ou d'éléments incontrôlables à l'instar des réseaux du Saoudien Ben Laden, de ceux du GIA algérien, de djihadistes aux pedigrees variés... Ces braves gens s'étaient installés avec armes et bagages, incrustés au sein de la société et parfois de l'Etat naissant de la Bosnie indépendante. Vu de Washington, un coup de balai s'imposait avant qu'il ne soit trop tard.

Les humeurs de Burnett n'influaient jamais sur les missions et les ordres qu'il avait à exécuter. Amis ou ennemis de l'Amérique, les étrangers restaient des étrangers. Cette philosophie sommaire présentait l'avantage de ne pas céder aux illusions dangereuses ni aux sentiments. Cela n'empêchait qu'il pouvait avoir ses préférences. Ainsi, Burnett considérait les Croates comme des fanatiques méritant le respect. Ils étaient durs, brutaux, fiers. Un peu Américains en somme. Seules quelques nostalgies, çà et là, pour le Troisième Reich auquel l'Etat indépendant de Croatie s'était allié durant la Seconde Guerre, ternissaient à ses yeux l'aura de ces guerriers. Les Serbes, pourtant désignés à la vindicte générale comme les responsables des conflits et des plus grands crimes, l'attendrissaient par leur côté pataud, bas du front. Ils n'étaient pas malins, mais attachants justement dans cette maladresse et cette naïveté qui font les coupables commis d'office. Certes, quelques-uns, en particulier les dingues de Bosnie et les mafieux serial killers façon Arkan, avaient commis pas mal de saloperies. Cependant, ce peuple restait franc et digne. Il évoquait pour lui les Texans. En revanche, Burnett ne pouvait encaisser les Bosniaques, enfin leurs dirigeants et leur soldatesque. Aucun honneur, aucune parole. Ils s'étaient glissés dans la peau de la victime avec une habileté de mendiant. Leurs civils avaient souffert horriblement pendant que des cliques de politiciens, de miliciens et d'affairistes pactisaient avec les ennemis déclarés. Par ailleurs, leurs camps de prisonniers, leurs snipers et leurs « troupes d'élite » valaient ceux des Croates ou des Serbes. Cette bande d'hypocrites aimait bien faire des cartons sur les soldats de l'ONU. A Sarajevo, comme ailleurs, les lignes de front étaient poreuses, la provenance des tirs indécise. Des services occidentaux avaient établi que des obus tirés sur des quartiers musulmans de la ville venaient de positions tenues par l'armée bosniaque. On les attribuait naturellement aux Serbes. Il s'agissait d'apitoyer l'opinion publique mondiale en sacrifiant cyniquement quelques-uns des siens. Evidemment, quand les

Serbes dénoncèrent le stratagème, personne ne les crut. Ils avaient tellement pilonné Sarajevo en tuant des innocents qu'ils ne semblaient guère crédibles. Au début du siège, l'interception radio d'une conversation du chef militaire des Serbes de Bosnie, Ratko Mladic, avec le commandant d'un régiment d'artillerie ne laissait pas de doutes sur les intentions de ces psychopathes : « Tirez, n'arrêtez pas de tirer, tirez, jusqu'à les rendre fous. »

La guerre avait pris fin, du moins sous sa forme la plus cruelle et la plus spectaculaire. L'Amérique voulait remettre de l'ordre en Bosnie-Herzégovine et chasser quelques influences néfastes, dont en premier lieu celle de l'Iran. Il y avait les troupes de l'IFOR puis de la SFOR, envoyées par l'OTAN, afin de faire appliquer les accords de Dayton prévoyant le départ des combattants étrangers. Burnett fut chargé de coordonner des équipes de la CIA destinées à « superviser » ou, au cas échéant, à organiser des opérations appuyant cette politique d'assainissement. La tâche s'avérait ardue car les liens d'actuels responsables bosniaques avec le régime des mollahs étaient anciens. Dès les années 80, des nationalistes bosniaques firent le voyage à Téhéran – dont Izetbegovic en avril 1991 – et ces rapports privilégiés s'accentuèrent avant, pendant et après le conflit. L'Iran comptait mettre la main sur la politique étrangère et les services de renseignement de la Bosnie. Les Iraniens avaient leurs relais au sein de l'appareil d'Etat avec Hasan Cengic, qui chapeauta depuis le ministère de l'Intérieur l'encadrement des combattants étrangers, et Bakir Alispahic, chef des nouveaux services secrets. Pour convaincre Sarajevo de prendre ses distances avec Téhéran, Washington usait du programme Equip & Train destiné à renforcer l'armée bosniaque et sa suspension en juillet 1996 contraignit Cengic à démissionner de ses fonctions ministérielles.

Il convenait en outre de contrôler les nominations dans les ambassades de Bosnie-Herzégovine, en particulier à Vienne, à Téhéran et dans les pays musulmans d'où venait une part de l'argent finançant armement clandestin et construction de mosquées. La Fondation pour les familles de *shahids* (« martyrs ») et les invalides de guerre qui investissait dans nombre de sociétés, la reconversion des brigades musulmanes ou la constitution des nouveaux services de renseignement, l'Agence d'information et de documentation (AID), faisaient aussi l'objet d'une attention soutenue. Ces pressions obligèrent le président Izetbegovic à faire allégeance à plusieurs reprises à ses amis américains dans des déclarations publiques tout en prenant ses distances avec l'Iran. Toutefois, le double jeu persistait et le démantèlement par les soldats de l'IFOR d'un camp d'entraînement militaire tenu par des Iraniens à Pogorelica, dans des montagnes non loin de Sarajevo, provoqua la démission d'Alispahic de la tête de l'AID, forcément au courant de l'existence de ces camps « clandestins » aux mains d'« instructeurs ».

En coulisses, les Etats-Unis bénéficiaient d'une autre carte dont ils n'hésitaient pas à jouer. Le jour de la signature des accords de Dayton à Paris, le 14 décembre 1995, un cheikh égyptien membre de la brigade El Moudjahid fut abattu par des soldats du Conseil croate de défense en Bosnie centrale. Les carnets du cheikh, dans lesquels étaient consignées des rencontres entre les chefs des moudjahidin et des responsables bosniaques, dont le président Izetbegovic en personne, furent récupérés et une copie envoyée à la CIA. Le document comprenait aussi une liste de volontaires étrangers ayant obtenu la nationalité bosniaque afin de pouvoir rester dans le pays après la guerre. Plus gênant encore : certains l'obtinrent même un peu avant le déclenchement du conflit... Ces généreuses naturalisations et la présence trop visible de combattants islamistes dans le pays poussèrent les autorités bosniaques à réagir en procédant à des arrestations spectaculaires dans des villages où vivaient des moudjahidin et dans des cercles liés à l'Organisation de la jeunesse islamique. La répression s'accentua jusqu'à viser de jeunes militants accusés d'avoir fomenté des attentats contre des églises orthodoxes ou catholiques en Bosnie, voire d'avoir commis des crimes de droit commun considérés comme des actes terroristes. Parmi les coupables se trouvaient beaucoup de lampistes, des seconds rôles que l'on pouvait sacrifier à la raison d'Etat.

Il fallait donner des gages plus importants et nombre de membres de l'AID sous influence iranienne éliminés à Sarajevo, Vienne ou Zagreb signalaient l'intense activité des services bosniaques et étrangers. Un agent, proche d'Omar Behmen, ambassadeur de Bosnie à Téhéran, fut retrouvé pendu à Vienne. Officiellement, un suicide. Un autre agent de l'AID, s'apprêtant à confier ses secrets aux services britanniques, fut abattu de plusieurs balles dans sa voiture une nuit à Sarajevo. Des hommes tombaient. Les puissances en présence se jaugeaient, montraient leurs muscles. Burnett aimait ces moments où quelques opérations ciblées, invisibles au commun des mortels, y compris les journalistes et les politiques, deux espèces qu'il méprisait particulièrement, pouvaient renverser les rapports de force.

Deux jours plus tôt, il avait téléphoné à Emir Bilic, vice-ministre des Affaires étrangères de Bosnie. Ce dernier, universitaire poursuivi pour « menées nationalistes » en 1981, peu après la mort de Tito, réussit à quitter la Yougoslavie et trouva refuge aux Etats-Unis où il enseigna à Chicago et à Boston avant de rentrer dans son pays en 1991, il était considéré par la CIA comme une personne fiable.

— Nous avons transmis à votre ministre une liste de deux cents étrangers, des anciens combattants pour la plupart et quelques responsables religieux, naturalisés entre 1992 et 1995. Nous souhaiterions que les soixante-quinze premiers noms de cette liste fassent l'objet de mesures radicales car ils représentent une menace potentielle ou réelle pour notre pays. Quant aux autres, une déchéance de leur nationalité et une expulsion vers leur pays d'origine seraient les bienvenues.

— Je comprends vos préoccupations, cher ami, et notre gouvernement ainsi que nos services de renseignement étudient avec intérêt cette liste car les ennemis de l'Amérique sont aussi les nôtres, mais nous devons vérifier scrupuleusement le profil et le degré de dangerosité de ces individus. De même, nous devons surtout ne pas faire d'erreur sur les personnes, répondit Bilic dans un anglais impeccable.

— Oui, bien sûr… Bien sûr.

Un silence de quelques secondes prit au dépourvu le vice-ministre qui crut décerner dans le ton de Burnett une ironie condescendante.

— Par ailleurs, certains noms de la liste sont imprimés en rouge. Cela signifie-t-il qu'une attention…

— Cadeau, coupa Burnett.

— Je ne saisis pas ce…

— Cadeau des Etats-Unis d'Amérique. Nous nous sommes occupés d'eux.

# V

Pour la première fois depuis leur fugue dans les montagnes, Olivier dormait dans un vrai lit et ses rêves l'amenaient jusqu'au visage d'Amila encadré de son voile. Deux coups sourds le sortirent de ses songes, puis des sifflements, des bruits de pas et de balles. Il reconnut les tirs du Glock d'Hicham auxquels répondaient de brèves rafales de pistolets mitrailleurs, l'odeur âcre du gaz lacrymogène se glissa jusque dans sa chambre. Olivier ouvrit l'une des fenêtres coulissantes dont il n'avait pas baissé les stores automatiques, il aurait pu sauter sur la terrasse du premier étage. En caleçon, tee-shirt et pieds nus, son hypothétique fuite n'offrait qu'un échec programmé. Il avait déjà connu cela : cette fois, le combat serait vain. Le jeune homme se mit à genoux, croisa les mains derrière la nuque et n'eut à attendre qu'une poignée de secondes avant que deux hommes casqués équipés de masque à gaz fassent irruption et braquent leurs armes vers lui en hurlant. Il crut qu'il allait mourir et pria.

Au milieu du salon gisait le corps d'Hicham criblé de balles dans des flaques de sang. Menotté, escorté par des policiers bosniaques, Olivier descendit les étages avant de découvrir à l'extérieur, où le jour se levait, une foule d'uniformes, des photographes, des cameramen, un camion de pompiers, des ambulances, des passants et des habitants rameutés par l'événement. Les appareils photo et les caméras le cernaient. Le sentiment d'être jeté en pâture, exposé comme une bête de foire, était plus douloureux que d'avoir été pris. Hicham, lui, avait rejoint Dieu qui visiblement échafaudait un autre destin pour Olivier.

A l'isolement dans sa cellule de la prison de Zenica, Olivier tentait de comprendre comment ils avaient pu être repérés si vite. Après l'assaut du RAID à Lille, jamais l'hypothèse d'une éventuelle trahison n'effleura son esprit ni celui de ses amis. Karim, qui avait été arrêté d'après Daoud, les avaient-ils dénoncés ? Daoud lui-même ? La fuite ne pouvait venir que de l'un d'eux, voire des deux, ou du type en djellaba. A moins que tous aient été manipulés. Le lendemain de son incarcération, il reçut la visite d'un avocat commis d'office, Miralem Spahic, trentenaire à l'allure stricte et consciencieuse possédant cette légère raideur des bons élèves, qui l'informa de la situation. Karim Mansouri avait été arrêté une semaine plus tôt et se trouvait incarcéré dans cette même prison, l'homme armé abattu sur le parking de la station-service était un policier bosniaque en civil, les médias présentaient Olivier, Karim et leurs complices en fuite comme une dangereuse bande de terroristes étrangers, c'était visiblement la version que voulaient diffuser les autorités. Echangeant en serbo-croate et en anglais, le prisonnier et l'avocat utilisaient des bribes de français que Spahic avait étudié au lycée. Ce dialogue peu orthodoxe n'occultait pas l'essentiel : Berthet risquait vingt ans de prison.

— Il faudrait que vous alliez voir mon épouse…

— Oui, bien sûr, je vais m'occuper de son droit de visite et…

— Ce n'est pas le plus important les visites, je voudrais surtout des vêtements et un coran en français. Ma femme, Amila, est jeune et je l'ai déjà fait trop souffrir. Essayez de la protéger de tout cela. Faites pour le mieux.

Régénéré par la brève entrevue avec Spahic, Olivier voyait les choses sous leur meilleur angle. Finalement, dans cette cellule, il était plus en sécurité qu'à l'extérieur. La presse et les politiques le désignaient avec ses compagnons comme des ennemis publics ? Tant mieux. Dans ces circonstances, la médiatisation était préférable à l'oubli et il serait difficile de les « suicider ». Puis, la France allait s'en mêler, demander son extradition pour les affaires de Lille qui paradoxalement lui donnaient un prix. Olivier Berthet n'était plus un soldat presque inconnu, un braqueur anonyme. Par ailleurs, il savait et avait vu des choses que peu connaissaient. Les noms et les visages de volontaires étrangers, ceux de chefs militaires et religieux. Quelques mois auparavant, il était un valeureux combattant auquel rendaient hommage les leaders bosniaques. Il faudrait s'en souvenir. Cela aussi avait un prix.

Ces dernières années, pleines de chaos et de sang, la mort lui avait souvent semblé appartenir au domaine du possible, mais il avait oublié l'éventualité de la réclusion. Allah lui envoyait une épreuve qu'il surmonterait. Vivre n'était pas la pire des punitions.

Pour ne pas la décevoir un peu plus, Olivier accepta les visites d'Amila. Avec son courage et ses pudeurs de jeune fille amoureuse, elle l'assurait du soutien et des prières de ses parents, lui apportait des dattes, de la confiture, du chocolat.

— A part mon avocat, est-ce que d'autres personnes sont venues te voir ? Des anciens combattants ? Des religieux ?

— Non, personne. Sauf deux policiers, deux jours après ton arrestation, qui nous ont posé des questions. Nous leur avons dit que nous ne savions rien de ce dont ils parlaient. Ils ne sont pas restés longtemps.

Olivier ne savait comment interpréter l'indifférence de ceux qu'il avait côtoyés. Alors, afin de ne pas inquiéter Amila, il sourit avec une douceur venant de loin.

— Tout ira bien, ne t'en fais pas.

En avocat appliqué, Miralem Spahic prenait sa tâche à cœur. Il contacta la famille française de son client qui obtint l'autorisation de conversations téléphoniques, préparait une défense qui ne s'annonçait pas aisée. Bénédicte, aînée d'Olivier de quatre ans, put parler à son frère. Il avait demandé qu'elle soit son interlocutrice, craignant d'entendre la voix de ses parents, d'être confronté même par téléphone à leur peine, aux souffrances qu'il avait infligées. Avec elle, ce serait moins douloureux, les années de silence n'empêcheraient pas que le contact soit rétabli entre les êtres.

Lors de leur première conversation, dans un petit bureau, avec deux gardes et un interprète écoutant grâce au haut-parleur l'entretien qui était enregistré, Olivier s'efforça de rassurer les siens.

— Tu demanderas aux parents de me pardonner, de ne pas trop croire ce que l'on dit sur moi. Je n'ai pas mal agi, je suis venu ici pour aider des gens qui souffraient. Dis-leur, et à notre petite sœur aussi, que je les embrasse et que si je n'ai pas donné de nouvelles depuis tant de temps, c'était pour que vous n'ayez pas d'ennuis. Tu sais que j'ai toujours été un idéaliste, que je ne supporte pas l'injustice. J'ai simplement fait ce que je croyais bon.

— On va s'occuper de toi. Des avocats nous ont contacté, il faut qu'il y ait un avocat de chez nous à ton procès. De quoi as-tu besoin ? On peut t'envoyer des colis…

Les dix minutes autorisées s'écoulaient, les encouragements s'échangeaient de par les milliers de kilomètres. Un témoin neutre aurait pu croire qu'Olivier réconfortait une proche dans le pétrin. Quand l'un des gardes signala qu'il ne restait qu'une minute avant de raccrocher, Bénédicte posa enfin la question qu'elle avait retenue jusque-là. Celle qui lui tenait le plus à cœur.

— Ici, dans les journaux, on dit que tu es marié. C'est vrai ?

— Oui c'est vrai, elle s'appelle Amila, elle est très douce, très gentille, nous partageons beaucoup de choses. Je regrette tout cela pour elle aussi. Ecoute, je vais devoir y aller maintenant, Bénédicte. Je te remercie, vraiment. Tenez bon et je tiendrai bon. Je vous embrasse tous.

En revenant dans sa cellule, Olivier songea qu'il n'avait pas à se plaindre. Des gens pensaient à lui, le soutenaient. Rien n'était perdu. Dieu veillait.

Les jours filèrent, les jours passèrent. La répétition des mêmes gestes, les heures presque identiques, la mécanique du vide et des habitudes à peine interrompue par la réception de courriers, les visites d'Amila ou de Spahic, des appels de Bénédicte, autant de petits impromptus venant prendre place dans la monotonie de l'emprisonnement propice au détachement auquel ne pouvaient accéder que des âmes fortes, sans haine ni colère.

Le procès d'Olivier Berthet et Karim Mansouri fut fixé au 15 juillet 1996, moins de quatre mois après leur arrestation. Une semaine avant l'audience, Olivier put s'entretenir deux heures par jour avec son avocat français, maître Stéphane Besnard, qui à trente-huit ans avait acquis dans l'hexagone une petite notoriété pour quelques affaires médiatisées dont celle d'un braqueur multirécidiviste, ayant tiré sur des policiers, qui n'écopa que d'une peine de huit ans ferme. Sans être un ténor du barreau, son image d'avocat des truands « malgré eux », des victimes de la société basculant du mauvais côté par un coup du sort, lui valait une certaine aura. Comme d'autres confrères, il avait proposé ses services à titre gracieux à la famille Berthet et Bénédicte accepta au nom de son frère à la fin d'une entrevue où Besnard fit preuve, certes devant une proie facile, de sa virtuosité, de la puissance de conviction que dégagent les individus sachant dire ce que l'autre a envie d'entendre. Lors d'une deuxième rencontre avec Bénédicte puis face à son client, maître Besnard exposa sa stratégie. Au procès, il plaiderait l'imprudence d'un jeune homme pétri de bons sentiments et de nobles idéaux qui se serait *peut-être* – il insistait sur le *peut-être*, éventualité instillant un doute ouvrant à l'indulgence voire à la relaxe – laissé entraîner à participer à des actions douteuses. L'engagement incontestable et désintéressé d'Olivier dans les forces bosniaques, qui avaient valeureusement gagné l'indépendance de leur pays, devait aussi être pris en compte. Sans des hommes comme lui, courageux, généreux, la Bosnie existerait-elle ? Cette cour, chargée aujourd'hui de le juger, aurait-elle pu seulement se réunir ? Ce serait à l'avocat « local » de faire vibrer la corde patriotique de la jeune nation, Besnard, lui, se chargerait de brosser le portrait d'un Français, héritier de Gavroche et des résistants de 39-45, qui rencontra la foi et épousa une Bosniaque pour vivre dans *son* pays… En outre, le dossier avait des failles béantes : les coupables supposés étaient cinq, deux demeuraient introuvables, un était mort, restaient Berthet et Mansouri. Qui était coupable de quoi ? Qui avait tiré sur les deux victimes ? C'était très flou. Et puis qui étaient ces mystérieux soutiens ayant placé les deux accusés dans un appartement propriété du ministère bosniaque de l'Intérieur la veille de leur arrestation, comme l'avait révélé la presse ? Ne s'agissait-il pas là d'un piège grossier ? C'était de ce côté-là qu'il fallait sans doute chercher les vrais responsables, les hommes qui connaissaient les coulisses de ces sombres histoires de braquages. Selon Besnard, un verdict clément en Bosnie était raisonnablement envisageable et permettrait d'aborder, le jour venu, avec confiance les charges attendant Berthet en France. Spahic convenait que cette stratégie était la meilleure à leur portée.

Au final, le procès ne dura qu'une journée et ceux que les autorités avaient présentés après leur spectaculaire arrestation comme des terroristes étrangers s'étaient transformés au cours de l'instruction en banals malfaiteurs. Neuf braquages ou tentatives étaient imputés aux deux hommes. Toutefois, l'accusation présentait quelques faiblesses, notamment des témoins incapables de confirmer la présence de Berthet et Mansouri lors de certaines opérations. Pour autant, les avocats de la défense ne se montrèrent guère pugnaces, se contentant de brandir les états de service des anciens combattants. A 16 heures, le verdict tomba : vingt ans de réclusion pour chacun, la peine la plus lourde prévue par la loi. Le juge dirigeant les débats déclara que la cour avait reconnu l'engagement des deux hommes dans les rangs de l'armée bosniaque sans que cela puisse occulter la gravité et l'évidence des faits reprochés, une évidence demeurant brumeuse.

La petite salle du tribunal de Zenica se vida rapidement. Des journalistes français, venus suivre le procès du « survivant » du Gang de Lille devenu combattant bosniaque et braqueur, recueillirent les réactions de Bénédicte masquant son trouble et sa déception dans des phrases lapidaires sur les épreuves que son frère avait subies pendant la guerre. « Il ne mérite pas ça », conclut-elle car elle ne pouvait dire autre chose. Les deux avocats se tenaient en retrait et ne voulaient pas faire de déclaration tandis que Bénédicte voyait passer la jeune fille voilée de noir qu'Olivier avait saluée de la main en quittant la salle avec deux policiers. Accompagnée par ses parents, Amila disparut sans attirer l'attention. La sœur d'Olivier aurait aimé lui parler, mais la peine les unissant était-elle autre chose qu'une toile d'araignée presque invisible entre de parfaits inconnus appelés sans doute à ne jamais se revoir ?

En France, la presse relata un procès presque bâclé, étrange, où la sévérité de la sanction contrastait avec la légèreté des preuves et des témoignages. La plupart des journalistes insistaient sur la destinée romanesque de Berthet, le « Ch'ti converti à l'islam », braqueur, islamiste, soldat… Quelques-uns sous-entendaient que la parodie de justice du tribunal de Zenica devait dissimuler un accord secret entre la Bosnie et la France décidée à récupérer des ressortissants dont au moins l'un d'eux était soupçonné d'avoir du sang de Français sur les mains. La passivité des avocats de Berthet et de celui de Mansouri, un Bosniaque commis d'office, paraissait valider l'hypothèse d'une négociation. En fait, ce scénario n'était qu'en partie vrai. S'il y eut bien un accord, il fut scellé entre les défenseurs des accusés et le général Murat Alagic, commandant du 7e corps d'armée qui, la veille du procès, rassembla les trois hommes dans un bureau de la caserne de Zenica. Un interprète avait été prévu pour Besnard. Le monologue d'Alagic ne dura que quelques minutes.

Ils devraient faire profil bas, oublier cette histoire d'appartement loué par les services de renseignement bosniaques, ne pas mettre en cause d'autres personnes. Quel que soit le verdict, il importerait peu et le ministère de l'Intérieur garantissait que les Français seraient vite libérés, leur annonça-t-il en substance. Spahic tenta de l'interrompre, un geste de la main gauche de l'officier indiquant qu'il n'avait pas terminé suffit à écarter l'éventualité d'une discussion.

— Je suis sûr que vous saurez faire pour le mieux, dans l'intérêt de tous, conclut-il en se levant.

Ressortant de la caserne escortés par deux soldats, les avocats retrouvèrent les berlines qui les avaient amenés au rendez-vous. Les chauffeurs et les types en costume qui les accompagnaient, deux par voiture, vraisemblablement des membres de l'AID, souriaient. Besnard, Spahic et l'avocat de Mansouri n'eurent pas besoin d'échanger un mot. Ils avaient compris.

Si la guerre qu'avait connue Jacques Faubert plus de trente ans auparavant en Algérie, en tant que lieutenant à la tête d'une compagnie de tirailleurs dans le Constantinois, était bien loin dans sa nature et dans sa forme de celle, bureaucratique et chirurgicale, qu'il conduisait aujourd'hui contre les terroristes islamistes, il ne pouvait s'empêcher d'y voir un rappel de sa jeunesse. C'était cela vieillir : revisiter son passé et ne rien reconnaître, ou presque. Là-bas, il avait tué, vu des camarades tomber, notamment des « musulmans » comme on disait, des harkis. Ce gaulliste de cœur et de raison mit en œuvre la politique de pacification et de soutien auprès des populations avec la même ferveur dont il fit preuve lors des combats contre le FLN. Pourtant, le revirement du général de Gaulle puis les négociations ouvrant à l'indépendance ne le poussèrent pas à basculer du côté des militaires putschistes ni du côté des activistes de l'OAS. Tout au plus en garda-t-il une distance, teintée de mépris, envers les politiques et leurs serments vite oubliés, mais un soldat se devait d'obéir. En dépit de l'abandon des harkis et des souffrances des pieds-noirs, le général avait sans doute eu raison, se dit-il alors. L'Algérie méritait son indépendance, sa souveraineté, sa nation et la France poursuivrait son chemin délestée des restes de son empire colonial. Désormais, l'Algérie connaissait une guerre civile aussi meurtrière provoquée par un coup de force de l'armée barrant la route au Front islamique du salut qui avait gagné le pouvoir par les urnes. Par une ironie tragique dont l'Histoire est friande, l'Etat algérien devait faire face à son tour à des actions terroristes et employait des méthodes parfois pires que celles des paras français à Alger.

Comme à l'époque, le conflit s'exporta dans l'hexagone avec la vague d'attentats de 1995 commis par des hommes liés au Groupe islamiste armé. A la guerre opposant le pouvoir algérien aux islamistes s'ajoutaient des affrontements fratricides dans les rangs de ces derniers. Faubert était de ceux soupçonnant les généraux algériens de manipuler les islamistes via des agents infiltrés, de commettre des exactions sur leur propre population afin de les imputer aux « barbus », voire de participer à l'organisation d'attentats. Elément troublant, les responsables présumés des actes terroristes en France, qui avaient eu des liens avérés avec la Sécurité militaire algérienne, furent quasiment tous tués lors d'opérations militaires ou de purges internes.

Les derniers mois n'avaient fait qu'accentuer la confusion et brouiller le double ou triple jeu. Ne cessant de chercher des pistes logiques, de dresser des hypothèses, de renouer les fils d'une toile aux ramifications interminables, Faubert découvrait des éléments nouveaux balayant son puzzle en construction. Où placer les moines de Tibhirine dont l'enlèvement et l'assassinat incombèrent au GIA ? Quelque temps plus tard, le 3 décembre 1996, une bombe causa à la station Port-Royal du RER B quatre morts et cent soixante-dix blessés. Toujours le GIA. Pour Faubert, la vérité se cachait dans les détails et l'un d'entre eux se nommait Fateh Kamel, islamiste algérien proche du GIA, opérant au Canada et en Bosnie, en contact avec le Gang de Lille, ces fous d'Allah qui naviguèrent entre banditisme et terrorisme avant de céder à l'appel du djihad en Bosnie. N'ayant jamais abandonné cette piste, il fut récompensé en apprenant l'arrestation à Zenica d'Olivier Berthet avec l'un de ses complices. Ce braqueur djihadiste pouvait être un maillon utile. Il se trouvait bien au chaud en prison. Telle une carte maîtresse à sortir le moment venu.

Le 29 mai 1997, quand il obtint à 17 heures la confirmation officielle de l'information, Jacques

Faubert se leva de son bureau, prit le lourd cendrier en verre poli sur la table et le jeta contre le mur en face de lui. Le cendrier rebondit et retomba dans un bruit sourd contre la moquette grise. Il le ramassa, il allait en avoir besoin. La veille, Olivier Berthet s'était évadé vers 22 h 30 de la prison de Sarajevo. Il demeurait introuvable. A 8 heures du soir, extrait de sa cellule pour la fouille mensuelle de l'endroit réservée aux prisonniers jugés dangereux, il fut amené dans une pièce au sous-sol de l'établissement. Un gardien veillait devant la porte le temps de l'opération qui devait durer une trentaine de minutes. Seulement, un autre événement semblait avoir plus accaparé le personnel de la prison : la finale de la Ligue des champions de football opposant le Borussia Dortmund à la Juventus de Turin. En effet, selon le rapport officiel, alerté par des hourras, le gardien en faction rejoignit la plupart de ses collègues dans la salle du personnel où ils suivaient le match. Les Allemands avaient rapidement ouvert le score face à une équipe dans laquelle la présence du Serbe Jugovic et du Croate Boksic justifiait le soutien des Bosniaques à celle de Dortmund. A la mi-temps, les Italiens comptaient déjà deux buts de retard et l'homme censé surveiller Berthet retrouva son poste. Lorsqu'il ouvrit la porte il découvrit le vasistas brisé de cette ancienne buanderie et la cellule de fortune vide. L'ouverture donnait accès à un parking sous-terrain où des camionnettes chargeaient ou livraient linge, alimentation, tout le nécessaire au bon fonctionnement de la prison.

Les rafales de coups de fil et de mails qu'envoyait Faubert tout en remplissant son cendrier de mégots ne parvenaient pas à le calmer. Ces enfoirés de Bosniaques se foutaient de la gueule du monde. Trois jours avant que Berthet ne soit extradé en France où l'attendait le juge Marchand, il s'était fait la belle d'une forteresse qui ne comptait jusqu'alors aucune évasion... Ben voyons. Les pittoresques informations fournies par Sarajevo renforçaient sa thèse, celle d'une mascarade, d'un coup monté. Laissé brièvement sans surveillance dans un réduit au sous-sol de la prison, le Français se serait faufilé par un vasistas avant de sortir de l'établissement dissimulé dans un véhicule. S'il avait profité ainsi des circonstances, sans rien avoir prémédité, Berthet serait vite repris. Pas d'argent, pas de contacts établis dans une ville qu'il ne connaissait pas : la police et les services bosniaques ne tarderaient pas à le pincer. Moins de vingt-quatre heures après la disparition du prisonnier, Faubert ne se faisait déjà plus d'illusions. Le jeune homme devait déjà avoir pris une ou plusieurs balles dans la tête. Avec la paix, Sarajevo et la Bosnie réapprenaient la normalité, mais demeuraient le théâtre de règlements de comptes entre pouvoirs locaux officiels, services étrangers, réseaux islamistes opérant derrière des paravents légaux ou dans la clandestinité, mafias diverses… Washington, Téhéran, Berlin, Ankara, Riyad, sans oublier les voisins serbes et croates : chacun voulait gagner du terrain, mettre la main sur cette zone, tête de pont entre l'Europe et l'Orient, entre l'Europe de l'Ouest et de l'Est, où le tracé de « corridors » énergétiques – des projets de gigantesques oléoducs – était l'un des enjeux majeurs des années à venir.

Mort ou « évadé », Olivier Berthet échapperait au procès qui l'attendait en France. De toute façon, que pesait-il dans cette partie d'échecs ? Seuls quelques esprits obstinés et originaux lui prêtaient une valeur supérieure à son statut de criminel de droit commun ou d'ancien combattant. Sa mort probable possédait une minceur pelliculaire, entre la présence et l'absence.

Rentré chez lui, Faubert reçut sur son portable un appel du juge antiterroriste François Marchand, en charge entre autres de l'affaire du Gang de Lille, qui s'était rendu en novembre 1996 à la prison de Sarajevo pour s'entretenir avec Berthet au bénéfice d'une commission rogatoire internationale. Deux mois plus tard, Marchand avait intercédé auprès de sa hiérarchie, du garde des Sceaux et du ministre des Affaires étrangères afin que Faubert puisse voir celui que certains en France imaginaient détenteur, conscient ou pas, d'informations essentielles sur l'internationale terroriste islamiste.

— Vous êtes au courant pour Berthet. Qu'en pensez-vous ?

Le juge Marchand n'aimait pas perdre son temps en précautions d'usage et formules inutiles, ce qui lui valait parfois quelques désagréments. Faubert, lui, appréciait cette façon d'aller à l'essentiel.

— Je crois qu'il a été liquidé. Cette pseudo-évasion trois jours avant que nous le récupérions tombe à pic. Quel intérêt auraient les Bosniaques à le garder à vie et plus encore à le remettre en liberté ?

— Je pense la même chose, maugréa Marchand.

Depuis son salon, Faubert imaginait la grimace du juge qui avait des airs de John Wayne.

Lorsqu'il avait rencontré Olivier Berthet en prison, Marchand avait été d'emblée frappé par la sérénité du jeune homme au visage apaisé. Aucun avocat ne l'assistait et le juge, désarçonné, demanda au greffier qui l'accompagnait de quitter la pièce sans fenêtre qu'on leur avait réservée. Ne restaient que deux gardiens et d'hypothétiques micros. Leurs échanges ne seraient pas portés au dossier du Gang de Lille, le magistrat au caractère de cochon s'en expliquerait à ses supérieurs. En attendant, ils parleraient « d'homme à homme », selon les valeurs de virilité et d'honnêteté que Marchand aimait prêter à l'expression digne d'un vieux film noir.

La conversation tenait du jeu de la séduction, Marchand tentant d'amener le prisonnier sur le terrain de la confession et de la possible négociation, Berthet réagissant favorablement tout en veillant à ne pas se découvrir.

— Abou Al-Maali, cela vous dit quelque chose ?

— Bien sûr, c'était en quelque sorte le chef spirituel de la 7$^{e}$ brigade, il suscitait un grand respect.

— Et Fateh Kamel ?

— C'est plus compliqué... Un homme insaisissable. Personne de mon entourage ne le connaissait vraiment.

— Vous l'avez rencontré où ? En Bosnie ? En France ?

— Fateh Kamel se trouvait partout où cela chauffait. Son QG était, je crois, à Montréal...

Entre deux considérations aussi floues que générales, Berthet se livrait à quelques justifications : certes, il était croyant, mais il n'avait jamais agi par fanatisme ni volonté de nuire. Des erreurs, peut-être en avait-il fait. Qui n'en commettrait pas en de pareilles circonstances ? En Bosnie, c'est le désir de secourir un peuple en souffrance, menacé d'extermination, abandonné par l'Occident, qui expliquait son engagement.

— Et à Lille ? Le type tué dans sa voiture, les hommes du RAID, la voiture bourrée d'explosifs, les braquages, les agents de la BAC arrosés de rafales... Vous veniez en aide à qui, là ?

Le regard de Berthet se crispa. Une rage contenue l'habitait. Marchand enchaîna.

— Caves, c'était le chef de la bande ?

— Jean-Luc est devenu fanatique... Je ne lui en veux pas. De toute façon, il a payé de sa vie. Moi, je paie d'une autre façon. Vous savez, ma femme a demandé à un imam l'annulation de notre mariage car je lui avais menti et qu'elle ne voulait pas attendre vingt ans avant de retrouver son mari. Cela lui a été accordé. Je ne lui en veux pas non plus. Il faut savoir pardonner et comprendre.

— Pardonner, ce n'est pas de mon ressort. En revanche, comprendre, je ne demande que ça.

— Vous savez, monsieur le juge, l'assaut à Lille, la station-service à Zenica avec ce flic en civil puis l'appartement qui appartenait au ministère de l'Intérieur : j'aimerais comprendre aussi. Beaucoup de gens ont eu l'air surpris de me voir vivant ces derniers temps.

— Justement, vous avez été agressé à la prison de Zenica par un prisonnier de droit commun qui, deux jours après son arrivée, a tenté de vous poignarder et vous avez été transféré à Sarajevo...

— Je ne veux pas virer parano, j'ai juste des doutes, coupa Berthet avec un sourire narquois. Il y a longtemps en France, quand j'étais ado, j'ai vu un film où un homme assiste au meurtre d'une femme, un soir, dans le hall d'un rez-de-chaussée d'immeuble, par un individu masqué. Depuis la rue, il ne peut intervenir car la porte est bloquée. Au fur et à mesure que le film avance, il comprend le sens véritable de ce qu'il a vu. La vérité se met en place, les apparences étaient trompeuses. Je me sens parfois dans la situation de ce type. Peut-être que j'aurais besoin que l'on m'aide à y voir clair. A moins que j'aie tout imaginé, que je n'aie rien vu...

Marchand prit cela pour une invitation.

— Nous nous reverrons en France, monsieur Berthet.

— Je crois que ce serait bien. Pour moi, pour vous... Je pense pouvoir vous dire des choses intéressantes.

Dans la foulée, le juge s'entretint de la même manière informelle avec Karim Mansouri détenu aussi à Sarajevo. Celui-ci ne lui fit pas forte impression car son bagout évoquait trop les petites frappes qu'il avait côtoyées au début de sa carrière, délinquants sans envergure promis à la prison à répétition. De plus, les liens de Mansouri avec le Gang de Lille semblaient minces : aucune participation à leurs actions ne le reliait à la bande, juste des rencontres à la mosquée ou à Aide Directe avant que Mansouri ne s'enrôle à la fin de la guerre dans les rangs des islamistes bosniaques et ne fraie ensuite avec Berthet pour des braquages à Zenica. Comme son compagnon d'infortune, Karim Mansouri maniait à la perfection le non-dit, l'allusion, la promesse. Le second degré aussi.

— Ici, les seuls avec lesquels nous avons sympathisé sont des prisonniers serbes. Les musulmans nous regardent de travers, comme des bêtes curieuses.

— Vous vous sentez menacés ?

— Menacés non, pas vraiment… Mais il est possible que des gens haut placés au gouvernement ou ailleurs pensent que nous en savons trop sur ce qui s'est passé pendant la guerre, avant la guerre, après… Est-ce que cela nous menace ou nous protège ? Dieu seul le sait, dit-il en souriant. Plus grave, il ajouta : Ce qui est dur, c'est le sentiment que j'ai d'avoir été manipulé depuis le début.

Deux mois plus tard, en janvier 1997, Faubert rencontra à son tour les deux hommes. Sa visite se heurta à des embûches administratives que ne connaissaient pas les journalistes français demandant à voir Mansouri et surtout Berthet. Depuis son incarcération, ce dernier avait fait l'objet de plusieurs portraits dans la presse. Son histoire avait tout pour plaire : du fait-divers, du sang, du mystère, un parcours singulier transformant un « petit Français » sans histoire en combattant auprès de djihadistes dans une guerre qui avait été tellement médiatisée… Les articles insistaient sur l'idéalisme, certes dévoyé, du jeune homme. On parlait d'un « Robin des Bois n'ayant pas trouvé son bois », d'un « soldat perdu », d'un « Ch'ti d'Allah ».

Concernant les agissements du Gang de Lille, Berthet se défaussait sur les disparus. Ce type savait y faire, se disait Faubert. Ou son avocat. Ou les deux.

Après que le Falcon se fut posé sur l'aéroport de Sarajevo à midi, Faubert fut pris en charge par des soldats français de la SFOR et présenté à la traductrice, mise à disposition par le ministère de l'Intérieur bosniaque, afin de faciliter son séjour de trente-six heures. Comme Marchand, Faubert concentra son temps et son attention sur Berthet qui l'accueillit en le titillant.

— Alors, comme ça, vous êtes un ponte de la DGSE ? Je suis flatté, c'est beaucoup d'honneur pour un braqueur condamné à vingt ans de prison de rencontrer un super-espion. C'est comme cela que l'on vous appelle ?

— On m'appelle aussi « veilleur » ou « sentinelle ». Disons que je gère la sécurité et le contre-espionnage des menaces extérieures sur le pays. J'ai des yeux et des oreilles partout. Je fais aussi dire aux gens ce qu'ils ne veulent pas dire. Certains négocient le oui, le non, le peut-être. Pas moi. Je combats les « méchants », si vous préférez. Le Mal est mon ennemi. J'en fais une cause personnelle.

— Je n'ai jamais fait de mal à des innocents. Dieu le sait, c'est l'essentiel, rétorqua le jeune homme vexé par le numéro grandiloquent de son interlocuteur. Un musulman doit pouvoir vivre sa foi librement où il veut. Si vous n'avez pas compris ça, vous ne comprendrez rien.

La conversation s'orienta sur les contacts de Berthet et de ses complices de Lille avec des membres du GIA ou des djihadistes algériens, mais le détenu pratiquait l'esquive, le nébuleux, la digression. Il préférait se raconter, se mettre en scène, expliquer son parcours.

— Vous parlez d'« Algériens », d'« Afghans », d'« Iraniens », d'Abou Al-Maali, de Fateh Kamel, d'Abou Hamza... Nous étions tous des moudjahidin. On nous a considérés comme des héros et du jour au lendemain, à cause des politiciens, nous serions devenus des terroristes. C'est trop facile. Nous menions une guerre humanitaire...

Berthet brouillait les pistes, mêlait anecdotes sur sa vie de combattant et idées générales, évoquait à mots couverts des gens « importants » en des termes génériques – les « émirs », les « imams » – puis redevenait simple soldat.

Sans être dupe, Faubert aimait l'écouter et l'encourageait.

— Vous avez aimé la guerre ? Tuer des gens, risquer d'être tué ?

— Aucun homme pieux n'aime la guerre. Seulement, on est parfois obligé de la faire. Puis, cette guerre que j'ai vécue, ce n'est pas celle que vous avez vue à la télé ou lue dans les journaux. C'était une guerre du genre rustique, avec des tranchées à l'ancienne, plutôt 14-18 que guerre du Golfe et bombardements soi-disant chirurgicaux. Nous, on chargeait à l'ancienne, on voyait parfois l'ennemi les yeux dans les yeux. Du brutal. On ne portait pas de gants blancs et ce n'était pas « Messieurs les Anglais, tirez les premiers ».

— Oui, j'avais cru comprendre. Cependant, la guerre a pris fin. Vous n'avez pas eu le sentiment d'être trahi ? Vous le savez sans doute, après les accords de Dayton, pas mal de combattants étrangers ont été tués ou ont disparu. De mon point de vue, on a l'impression d'un grand nettoyage.

— Ça, c'est de la politique…

L'expression revenait dans la bouche de Berthet pour évacuer chaque sujet gênant. Faubert était impressionné par son langage tour à tour relâché et extrêmement tenu, par ses tirades dogmatiques dignes de n'importe quel militant extrémiste et le récit de tranches de vie ancrées dans le réel où s'invitaient des mots rares au charme suranné comme « épatant », par son humour et sa raideur.

Lorsque Faubert se leva, il grimaça en portant sa main gauche au bas du dos.

— Vous avez mal ? Un coup de froid ? Des rhumatismes ? La vie de bureau ?

— Juste la vie.

— Rien de grave alors. Ravi d'avoir fait votre connaissance.

— On se reverra, on se reverra bientôt.

— Il paraît, oui. Votre ami le juge me l'a dit aussi. Ou bien, on ne se reverra jamais. Qui sait ? Tant de choses peuvent arriver...

Durant le vol le ramenant à Paris, Faubert songeait non pas à Berthet, mais à Milena Music, la traductrice avec laquelle il avait partagé des trajets en voiture, quelques cafés et un déjeuner. Avec ses pommettes saillantes, ses yeux bleus en amande, son front bombé au-dessus duquel des cheveux châtains étaient coiffés en arrière et tenus dans un chignon, elle lui rappela par moments Violaine. Quel âge avait-elle ? Entre vingt-six et trente-cinq ans, aurait-il dit sans pouvoir affirmer si sa pâleur et la vague tristesse qu'elle dégageait l'amenaient vers la jeunesse ou la maturité. Leurs conversations apportèrent la réponse : moins de trente ans. Dans le Falcon qui traversait des turbulences, les mots de Milena lui revinrent. Fille aînée d'un père serbe et d'une mère musulmane, elle avait toujours vécu à Sarajevo avec ses deux frères cadets. « J'avais vingt-trois ans en 1992 quand la Bosnie a proclamé son indépendance. Vous, enfin l'Europe, l'avez reconnue un mois plus tard, le 6 avril. Ce jour-là, je manifestais devant le Parlement. Nous étions au moins 100 000, de toutes origines et confessions, pour défendre la paix. On brandissait des portraits de Tito, beaucoup de gens ici voulaient continuer à vivre ensemble, mais les nationalistes préparaient la guerre depuis longtemps. Des snipers serbes nous ont tiré dessus, vous connaissez la suite. Dès lors, c'était fini. Tous ceux qui voulaient se battre avaient gagné. J'ai vu des amis serbes obligés de quitter Sarajevo, certains firent partie ensuite des unités nous bombardant, nous tuant sans relâche. Pendant cette guerre, mon père a été menacé de mort par des bandits protégés par notre gouvernement, nous avons perdu mon frère Momir qui n'avait que vingt ans et qui était soldat dans notre nouvelle armée, mais nous ne sommes pas partis même quand cela aurait était possible. Après toutes ces horreurs, ceux qui nous avaient entraîné en enfer ont fait la paix. La Bosnie indépendante existerait. Nous avions gagné, disait notre président. Tout le monde avait gagné en fait, si l'on écoutait les uns et les autres. Non, il n'y avait que des vaincus. Que des vaincus… »

Ces mots résonnaient dans la tête de Faubert. Rien n'était plus juste. Quel que soit le combat, ne restaient que des vaincus. Seulement, certains l'étaient plus que d'autres.

Cela ne faisait que dix minutes que Berthet se trouvait dans ce local servant de cellule temporaire quand il entendit un cliquetis dans la serrure. Il mit quelques secondes à reconnaître l'homme portant l'uniforme de l'armée de Bosnie-Herzégovine accompagné de deux policiers : Daoud Salem. Il avait taillé sa barbe, mais il s'agissait bien de l'un des anciens officiers de sa brigade, celui qui avait fourni à Karim et Olivier leur pseudo-planque à Zenica, cet appartement sous surveillance des services bosniaques et propriété du ministère de l'Intérieur.

— Mon frère, on y va, tu sors d'ici. Viens, annonça-t-il dans ce français appris à Kaboul avant l'invasion des Soviétiques qui fit alors de lui un combattant.

Assis sur une table en formica, Olivier posa ses pieds au sol et regarda silencieux ses étranges libérateurs.

— Allez, on ne traîne pas. Une voiture nous attend dehors. Je t'expliquerai…

— Et Karim, il reste ici ou il vient avec nous ?

— On n'a pas confiance. C'est lui qui a dû vous balancer. Amène-toi, vite.

De toute façon, le choix ne se posait guère. Les deux flics prirent le couloir de droite suivis d'Olivier tandis que Daoud fermait la marche. Au bout de vingt mètres, ils poussèrent une grille avant d'emprunter un escalier débouchant deux étages plus haut sur une porte métallique qui donnait accès à une cour annexe de la prison. Un 4×4 alluma son moteur, l'un des policiers prit place aux côtés du chauffeur en civil, l'autre se positionna derrière, Olivier et Daoud sur la dernière banquette. Des appels de phares suffirent à ouvrir les imposantes portes de l'aile sud de l'établissement, le 4×4 accéléra.

— Tu es libre, mon frère. C'est fini maintenant. Cela a été long, il a fallu négocier. Depuis la paix, tout le monde se tire dans les pattes : les Américains ne veulent plus des moudjahidin en Bosnie, le gouvernement en chasse du pays, la situation est compliquée. Le général Alagic nous vient en aide, obtient des naturalisations et des passeports. Toi, avec ce qui s'est passé, tu dois partir. On va te faire sortir, tout est prêt…

Olivier se taisait, écoutait Daoud lui promettant un avenir loin de Sarajevo et de la Bosnie. De toute façon, qu'est-ce qui le retenait dans ce pays sauf la prison ?

— Contrairement à ce que disent les politiciens ici, le combat continue. Ailleurs, partout. Notre cause n'a pas de frontières. Tu es avec nous ?

— Bien sûr. Sinon, j'aurais parlé en prison, retourné ma veste, négocié quelque chose.

— Le général Alagic ne voulait pas que la France te récupère, moi et d'autres exfiltrons des anciens de la brigade ou des volontaires. Nous allons en Croatie. Ensuite, direction la Hongrie où un avion-cargo humanitaire décollera de Pécs demain midi. Tu seras dedans. Il fera escale à Ankara. C'est là que des gens te prendront en charge. Je t'expliquerai tout quand on aura passé la frontière entre la République serbe de Bosnie et la Croatie.

Le programme était plus séduisant que la perspective de purger vingt ans de prison en Bosnie ou d'être extradé vers la France pour y être jugé et inévitablement condamné. Néanmoins, Olivier ne pouvait s'empêcher de trouver cela trop facile, « trop beau pour être vrai ». L'expression ne quittait plus ses pensées.

Alors que le véhicule s'approchait maintenant de la ville de Brcko, majoritairement peuplée de Serbes dont la souveraineté était partagée, sous la surveillance des soldats de la SFOR, par la Fédération croato-musulmane et la République serbe de Bosnie, les entités constituant la Bosnie-Herzégovine ; les deux policiers échangeaient vivement avec Daoud. Il y avait un problème. Apparemment, les flics ne voulaient pas les accompagner, disaient que ce n'était pas prévu. Olivier ne comprenait pas tout. Le chauffeur se mêla à la conversation et sembla approuver le choix de Daoud qui brandissait les mains pour mieux appuyer son propos ponctué de termes anglo-saxons universels : « Fuck off ! », « Shut your fuck up ! ». Il était question de rendez-vous, d'ordre, de mission. Le nom d'Alagic revenait souvent des deux côtés.

Quand le calme revint. Olivier demanda :

— Qu'est-ce qu'ils ont, tes amis ?

— Rien de grave, ils sont nerveux. On va les déposer avant de passer à Brcko et en République serbe. Ils disent que leurs uniformes vont attirer l'attention. Ils n'avaient pas compris qu'ils devaient nous accompagner jusque-là. On s'en fout, mon frère, on n'a plus besoin d'eux…

En effet, les deux hommes descendirent à Brka et la voiture rejoignit Brcko où le chauffeur se gara sur le parking d'un supermarché. Ils laissèrent le 4×4 pour une Mercedes 500/SL et mirent le cap vers la frontière croate pour rejoindre Slavonski Brod à quelques kilomètres de là.

— Il n'y a pas de contrôle où on va, on a sécurisé un passage, dit Daoud.

Le 4×4 eût mieux convenu sur ces routes étroites et cabossées entourées de zones marécageuses au-delà desquelles on distinguait des maisons en ruines ou des entrepôts à l'abandon. Le moteur ronronnait puis emprunta à un moment un chemin de terre large d'environ trois mètres dans un sous-bois longeant la Save. Le chauffeur s'adressa à Daoud.

— Il veut pisser. On va s'arrêter, annonça Daoud, on fait une pause.

Le type sortit du véhicule et se dirigea vers des bosquets à côté de la portière. Olivier fit de même mais en marchant quelques mètres sur le chemin, derrière la voiture. Alors qu'il ouvrait sa braguette, il reconnut distinctement le bruit d'un pistolet que l'on armait puis, comme en écho, celui d'un autre, plus proche. Il avait compris, il aurait dû comprendre avant : il allait mourir. Dans cet endroit improbable où toutes les frontières de ces nouveaux pays et très anciens peuples semblaient se rejoindre à travers une géographie absurde dessinée par des politiques avec le sang des autres. Olivier n'avait jamais beaucoup aimé les frontières et la rencontre avec Allah avait éclairé cette évidence : le « citoyen du monde », comme il aimait se définir durant ses années de lycée à Lille, était partout chez lui à partir du moment où il pouvait vivre sa foi librement et totalement. Il se mit à prier. Sans peur ni regrets. C'était ce qu'Allah voulait et il l'acceptait. Jean-Luc, Ahmed, Kader, Aziz, Hicham et tant d'autres avaient connu cela. Deux coups de feu claquèrent, suivis d'un troisième. Un corps s'affaissa dans un craquement de broussailles.

Olivier ne se retourna pas. Un vent frais se levait et fouettait son visage. La lune brillait. C'était une belle nuit pour mourir.

— On peut y aller maintenant, dit Daoud. Ne crains rien, tout se passe comme prévu.

Une fois de plus, Dieu veillait sur Olivier. Il sourit. Des choses, des êtres l'attendaient quelque part.

En ce mois de septembre 1997, l'un des dossiers principaux de William Burnett consistait à identifier et à traiter les anciens combattants islamistes actifs dans les Balkans, en particulier dans leur terre de prédilection qu'était la Bosnie-Herzégovine. « Traiter » : cela signifiait au choix emprisonner, éliminer, expulser, laisser en liberté, laisser en liberté sous contrôle… Le premier tri effectué, cette dernière option devint la favorite de Washington. D'abord réticentes à abandonner ou à trahir ces hommes qui leur avaient apporté une aide non négligeable, les autorités bosniaques s'étaient montrées au fil du temps coopératives, en dépit d'attitudes plus ou moins franches selon les interlocuteurs. Pour les Américains, « tracer » les djihadistes apparaissait comme la meilleure solution. Burnett et ses services s'y appliquèrent. Ce travail lui faisait penser à des documentaires animaliers dans lesquels on voyait différentes espèces, notamment des oiseaux, des félins et des cétacés, équipées de puces électroniques permettant de suivre au long cours leurs migrations, leurs habitudes, leurs repères. Toutefois, l'opération se révélait ici autrement délicate. Contrairement aux animaux, on ne pouvait poser des colliers ou des bracelets aux individus à garder dans la ligne de mire. La surveillance serait forcément aléatoire, humaine. Il fallait convaincre les cibles qu'elles étaient libres, les mettre en confiance, les laisser courir tout en maintenant un fil, invisible à leurs yeux, qui permettrait si besoin de les ramener en mains sûres.

Cette stratégie s'imposait d'autant plus qu'il était quasiment impossible de « retourner » des djihadistes, d'en faire des agents doubles par l'argent, la menace ou toute autre arme. Le fanatisme religieux opposait de farouches résistances à la trahison. Le phénomène s'était déjà vérifié pour le Hezbollah, le Hamas voire l'IRA. En l'occurrence, Burnett pensait posséder un agent au sein des anciens moudjahidin, bien qu'il n'en aurait pas juré. Qui manipulait qui ? La modestie et le pragmatisme demeuraient des valeurs indispensables. Quant à réussir à infiltrer des hommes pro domo dans ces mouvances, la performance tenait de l'exploit.

En Bosnie-Herzégovine, malgré la paix de Dayton et la présence des 30 000 soldats de l'OTAN, des violences perduraient. La partie croate de la ville de Mostar comme des quartiers serbes de Brcko subissaient des attentats. Des hommes furent arrêtés, dont des membres du GIA algérien, mais beaucoup se retrouvaient rapidement libérés. Ailleurs, dans la province du Kosovo qui appartenait à la République fédérale de Yougoslavie, les Serbes devaient faire face aux attaques des indépendantistes de l'Armée de libération du Kosovo, l'UCK, contre des casernes, des policiers ou de simples réfugiés serbes chassés de Croatie ou de Bosnie, que Belgrade voulait installer dans la province, « berceau du peuple serbe », majoritairement peuplée d'albanophones. Selon les rapports de la CIA, l'UCK n'était qu'une organisation terroriste et mafieuse, spécialisée dans le trafic de drogue et d'êtres humains. Cependant, la répression serbe envers des manifestations d'étudiants ou la Ligue démocratique du Kosovo, le parti d'Ibrahim Rugova, suscitait l'inquiétude de voir naître un nouveau foyer de conflit armé dans la région.

Pour l'instant, Burnett se focalisait sur les islamistes étrangers en Bosnie et si le général Murat Alagic n'était peut-être pas l'homme le plus fiable, il présentait l'avantage d'opérer vite, de trancher sur le terrain des cas complexes. La CIA donnait alors son accord à l'élargissement de certains individus ou laissait une liberté d'appréciation à Alagic. Décortiquant un dossier récent consacré à des moudjahidin « portés disparus », « morts au combat », « évadés », « remis aux familles » et autres euphémismes synonymes de liberté, Burnett fut attiré par le profil d'Abou Hamza, Olivier Berthet de son vrai nom : un Français converti à l'islam réclamé par son pays pour des braquages sanglants et une tentative d'attentat trois ans avant. Parmi les quelques Occidentaux ayant servi dans l'armée de Bosnie-Herzégovine, il était plutôt intéressant. Il pouvait à l'avenir représenter une réelle valeur dans le cadre de négociations avec ces Français si compliqués, qui répugnaient à faire la guerre quand les circonstances l'exigeaient ou bien qui s'y lançaient imprudemment avec la présomption d'être accueillis en sauveurs. Il envoya aussitôt une demande d'informations supplémentaires sur ce Berthet / Hamza aux Bosniaques et aux agents présents sur place. Celui-ci, il le garderait à l'œil.

Une semaine plus tard, des éléments confus et contradictoires furent rassemblés. Apparemment, les services secrets bosniaques avaient organisé son extraction de la prison de Sarajevo, grossièrement déguisée en évasion, en vue de l'éliminer, mais selon un informateur au ministère de l'Intérieur, le Français avait échappé à l'exécution programmée. Le corps d'un agent bosniaque, tué de trois balles dans une forêt près de la frontière entre la République serbe de Bosnie et la Croatie, semblait valider cette hypothèse. Un autre homme, Daoud Salem, vétéran de la guerre en Afghanistan, dirigeait la « vraie-fausse » évasion et avait sans doute épaulé

Berthet. Quelle avait été l'intention d'Alagic ? Tuer le Français ou lui permettre de s'envoler ? Dans quel but ? Avait-il été doublé par Salem ? Où était ce Berthet qui suscitait tant d'attentions ? L'affaire méritait d'être creusée. C'étaient souvent les pistes connexes, inattendues, étranges, anecdotiques, qui fournissaient les meilleurs résultats. Burnett nommait cela « le principe de curiosité ».

La vie était l'enfer sur terre, se disait Jacques Faubert en déambulant sur le boulevard Saint-Michel, un vendredi soir alors que la nuit tombait. Les premiers jours d'un automne clément donnaient à la ville un air joyeux et insouciant qui aggravait son mal-être. Des groupes glissant sur des rollers, des couples d'amoureux se tenant par la main, des touristes cherchant leur chemin, des étudiants chahuteurs, les restaurants et les terrasses pleins de gens en train de bâfrer : quel spectacle... Le pays passait son temps à faire la fête, à s'empiffrer de nourriture, de boisson, de bruit, de lumière, de compagnie inutile, de conversations vides ; ce qui contrastait avec la morosité ambiante que les médias diagnostiquaient depuis des mois. Le chômage, la crise, la violence, la laideur généralisée, la misère, l'air toujours plus vicié, la bêtise conquérante, la pornographie, les vaines ambitions, la cupidité, l'égoïsme, le mensonge partout, la vulgarité marchande : tout amenait le moindre esprit doué de raison ou la moindre âme sensible à désespérer jusqu'au bout et, malgré cela, les foules festoyaient, allaient vers l'abîme en dansant la gigue.

Faubert subissait l'une de ces phases de dépression lui rendant visite une ou deux fois l'an. Il attendait une prochaine mutation qui ne prendrait pas l'allure d'une promotion. A bientôt soixante ans, il mourrait seul, aigri, accablé par les conséquences d'une « hygiène de vie » dont il ne s'était guère soucié – des œufs durs accompagnés de whisky et d'un paquet de cigarettes constituant, par exemple, l'un des menus récurrents quand il rentrait chez lui après 22 heures. La vision de ses contemporains l'oppressait, le rendait accessible à certaine mélancolie. Une tristesse ancienne, une ombre sourde et lente, un chagrin sec le portaient à envisager le peu d'avenir du temps où nous étions. Des images d'Apocalypse occupaient alors son cerveau. Il se demandait pourquoi les déséquilibrés, les psychopathes, les tueurs, les terroristes ne sortaient pas dans la rue pour tirer au hasard ou se faire sauter chargés d'explosifs dans un métro ou un grand magasin ? C'était tellement facile. Les hommes se lançaient dans des guerres élaborées, complexes, coûteuses, aléatoires, pour massacrer leurs congénères alors que rien n'était plus aisé que de donner la mort, de tuer en masse… La chute du mur de Berlin puis de l'URSS avait eu aussi pour conséquence de mettre dans la nature, ou plutôt sur le marché, des stocks d'armes redoutables. Il était bien placé pour le savoir. Des attentats bactériologiques, voire nucléaires, bricolés au gré de « bombes sales » par des débrouillards, étaient devenus plausibles. Il ricana intérieurement. Cela viendrait. Le monde allait entrer dans le temps de tous les avènements et de toutes les destructions possibles.

Des virus lâchés dans les mégalopoles, des centrales nucléaires attaquées, des villes en flammes et en panique, des stades pleins pris pour cibles, des kamikazes prenant en otages des centaines de personnes : ce n'était qu'une question de jours, de mois… Lui en avait déjà trop vu et cherchait de bonnes raisons pour rester jusqu'à la fin du spectacle. Depuis les quais, il apercevait maintenant le vaisseau de Notre-Dame et bifurqua sur la droite dans la rue Saint-Julien-le-Pauvre. De plus en plus de gens étaient équipés de téléphones portables et le montraient ostensiblement. C'était un marqueur social. Un autre gadget remplacerait cette chose. La logique de la standardisation et du jetable faisait que tout était promis à l'obsolescence programmée. Les paysages, les pays, les sentiments, les êtres n'y échapperaient pas. Une grande broyeuse était en action. Plus rien n'était solide, ne présentait des promesses crédibles de survie.

Son ex-femme s'était remariée et avait pris le nom de son nouvel époux, un abruti, un agent immobilier qu'il avait croisé des années auparavant lors de soirées chez des amis. A cette époque, Marie évoquait déjà l'énergumène en termes flatteurs tandis que Jacques l'avait baptisé « Giscard » en rapport à sa calvitie et à cet air de suffisance qu'il dégageait. Il n'aurait jamais imaginé que cet homme apparemment insipide séduirait le seul amour de son existence. Par leur fils Emmanuel, des échos de la vie du couple lui parvenaient occasionnellement : vacances sur la Côte d'Azur, séances assidues de golf, séjours dans les châteaux du Bordelais, weekends à Deauville… Pauvre conne. Comment avait-il pu aimer une femme aussi sensible aux aspects extérieurs de richesse ? Elle avait dû changer, tranchait Faubert comme pour s'exonérer d'une éventuelle responsabilité dans l'échec de son couple. Une phrase de son grand-père venait souvent le hanter : « Les gens ne vous pardonnent pas le bien que vous leur faites. » Cette ingratitude, bien au-delà de la faillite du mariage, lui paraissait l'un des traits essentiels de la condition humaine.

Et puis, la France, l'Occident n'étaient qu'une vieille pute racoleuse recourant à la chirurgie esthétique, aux hormones de croissance, à tous les artifices censés lui donner un semblant de force, de jeunesse, de maintien. « On a tué bien trop de choses que j'aimais », se répétait Faubert envisageant la vie comme une salle d'attente pour voyageurs de troisième classe. Les rêves étaient morts dans les grandes cités, du moins sous ces latitudes.

Ils étaient morts quand la politique n'avait plus voulu rendre le monde meilleur, plus juste, quand l'argent avait supplanté ce qui élève : la culture, la foi... Dieu, les nobles espérances, les idéaux avaient laissé place à des pantins interchangeables, des sportifs, des acteurs, des célébrités de la télévision. Les foules ne voulaient plus prendre de risques et préféraient jouir de leurs plaisirs minuscules. Pourquoi travailler à la survie d'un monde sans avenir ?

Avec son cœur mis en croix, Jacques Faubert remontait maintenant le boulevard Saint-Germain dans un état s'apparentant au désespoir sans pouvoir y accéder. Seul un immense dégoût l'habitait, celui de l'absence absolue, avec malgré tout la mince possibilité de la joie de retrouver quelque chose de doux et d'ardent, quelqu'un qu'on a déjà rencontré, qu'on a toujours rencontré, toujours, dans une infinité d'incarnations antérieures. Les visages de Violaine, de son fils, de Marie autrefois, de ses parents s'invitaient, défilaient devant ses yeux dans une sorte de grâce immobile, presque écrasante, mais l'épuisement avait fait son œuvre. L'intuition qu'il n'y aurait pas d'échappatoire s'imposait. L'Olivier Berthet presque moqueur de la prison de Sarajevo apparut à son tour. Lui, où qu'il soit, quoi qu'il fasse, mort ou vivant, avait gagné en ayant vécu, sans doute jusqu'au sacrifice, pour une certitude qui le dépassait, pas pour un univers sans Dieu et sans impératifs.

Jacques Faubert traversa, évita des phares aveuglants et se dressa dans un dernier défi face à un bus qui le tua sur le coup, traînant son corps sur la chaussée. Les apparences étaient trompeuses. On n'est jamais tué que par l'abandon et le regret.

# VI

Les mois, les années : « Tout est passé si vite », songeait souvent Olivier Berthet tel un individu observant une photographie dans laquelle il ne se reconnaîtrait pas ou si peu, quelques traits évoquant seulement la possibilité qu'il s'agisse de la même personne. Le temps n'était pas à l'origine de ce sentiment d'étrangeté, mais plutôt les événements affrontés, les êtres rencontrés, les frontières traversées. Qu'y avait-il de commun entre le gamin et l'ado ayant grandi à Lille, le jeune homme idéaliste, le djihadiste, le soldat, le mari, le prisonnier, le fuyard en cavale ? Lui seul pouvait comprendre, faire le lien entre ces identités multiples tout en constatant à quel point elles défiaient la raison commune. Pourtant, ces dernières années, depuis que Dieu avait éclairé son âme, il n'avait pas changé bien que des statuts sociaux, des uniformes ou des conditions temporaires aient pu altérer en apparence la cohérence et le sens du parcours.

Berthet appartenait à l'espère rare de ceux qui avaient *refait leur vie*, radicalement, en échappant à tous les obstacles que les lois et les Etats opposaient aux clandestins, aux fuyards, aux irréguliers. Pour cela, se délester d'une part de son existence, renoncer à sa famille de sang, quitter le pays où il était né, abandonner son nom fut nécessaire. Les regrets n'avaient pas de place, sinon ceux concernant les frères tombés au combat.

Les médias, les romans et le cinéma étaient friands de ce genre d'histoires rocambolesques, le plus souvent inventées, et qui ne suscitaient jamais plus l'attention du public que lorsqu'on les disait « inspirées de faits réels ». Qui ne rêvait pas, au fond de lui, des frissons de l'interdit, des horizons lointains et de la possibilité de disparaître délibérément, de tourner le dos à la banalité mortifère du quotidien et de la légalité ? Adolescent, Olivier Berthet s'était passionné pour le destin d'Albert Spaggiari. Il avait vu à la télévision le film *Les Egouts du paradis* retraçant le fameux casse de Nice puis lu, plus tard, les trois livres du mythique bandit dénichés chez des bouquinistes. A son tour, dans des circonstances et au gré de méthodes évidemment différentes, Olivier connut les braquages, la guerre, la prison, l'évasion, la cavale et la dissimulation. Avoir si souvent, à son âge, côtoyé la mort lui apportait une sérénité renforcée par la foi. Surtout, l'exploit consistant à se « faire oublier », à se perdre parmi six milliards d'individus le galvanisait. Le plus dur avait été fait. Qui pourrait donc le retrouver désormais ? S'il avait dû finir dans une geôle ou mourir, Dieu avait eu des dizaines d'occasions de le punir ou de le ramener à lui. Ce n'était donc pas pour l'abandonner, ici et maintenant, sur une plage de Singapour...

Daoud Salem n'avait pas menti à Sarajevo et les jours, les semaines, les mois suivant l'exfiltration de la prison, Olivier, tournant le dos à la méfiance légitime comme au sentiment de trahison qui le hantaient, fit une confiance aveugle à des inconnus lui offrant toit, couvert, vêtements, argent, papiers permettant de trouver des points de chute hors de contrôle de ceux qui le poursuivaient. Il comprit que la foi les unissant dépassait les petits calculs et les égoïsmes commandant la plupart des comportements. L'ancien combattant de Bosnie découvrit au fil de son périple l'efficacité et la fiabilité de filières dont les membres souvent ne se connaissaient pas. Un nom, une recommandation, une boîte postale, un rendez-vous pouvait suffire à obtenir une fausse identité, un aéroport aux contrôles distraits, une activité débouchant sur quelques revenus.

C'est en Asie que Berthet s'installa ou plutôt navigua des Philippines au Vietnam en passant par Singapour. Bouger et ne pas fréquenter les mêmes endroits était, lui avait-on dit, le meilleur moyen pour un Européen de ne pas se faire repérer. Des membres de la Jemaah Islamiyah, organisation armée islamiste indonésienne qui possédait des réseaux dans la plupart des pays de la région, apportèrent de précieux soutiens au fuyard ainsi que Fateh Kamel, qu'il connut en Bosnie et qui refit opportunément surface via un autre Algérien, ayant servi dans la 7e brigade, maintenant installé dans l'Etat de Sabah en Malaisie orientale. Ce dernier, à la tête d'une société d'import-export de machines-outils, lui offrit la couverture d'une activité nécessitant de fréquents voyages. Le djihad prenait de multiples formes. Se battre les armes à la main : cela, Olivier l'avait connu. Il aurait pu se rendre en Tchétchénie, en Afghanistan ou ailleurs et demeurer un soldat, mais la cause avait aussi besoin d'hommes de l'ombre collectant des fonds ou les blanchissant, transmettant des informations de la main à la main qui échappaient aux surveillances technologiques, repérant des lieux ou des trajets sûrs. Un jour, peut-être, il faudrait reprendre les armes. En attendant, ce rôle d'agent dormant convenait parfaitement à un jeune homme qui, à trente et un ans, avait déjà beaucoup vécu.

Sur une plage de l'île de Sentosa au sud Singapour, Anna Estati observait cet Occidental qu'elle avait repéré trois jours plus tôt. Il ressemblait à un chanteur à la mode sans qu'elle arrive à retrouver son nom. Depuis que son amie Frida était partie, Anna s'ennuyait un peu. Quelques mois plus tôt, les deux jeunes femmes décidèrent de s'offrir un séjour à Singapour et grâce à l'agence de voyages dans laquelle Frida travaillait à Vienne, elles bénéficièrent de tarifs avantageux. Frida avait prévu qu'elle ne resterait que la première semaine sur l'île car elle voulait consacrer la seconde de ses vacances à « s'amuser » à Kuala Lumpur. Anna ne s'en formalisa pas et, désormais seule, prit rapidement ses marques entre l'hôtel, les plages voisines de quelques centaines de mètres, les restaurants et les bars de plage qui devinrent ses points de chute. A trente-trois ans, cette fille d'Italiens ayant émigré en France puis en Autriche où elle était née et avait toujours vécu connaissait la mélancolie des célibataires malgré elles, blessées par des déceptions amoureuses. Le temps filait et cette âme sensible en ressentait chaque jour une blessure personnelle. Peut-être n'était-elle pas faite pour être aimée ? Peut-être que son idéalisme et son romantisme la condamnaient à la solitude ? Ayant tourné le dos aux facilités du sexe et des relations sans lendemain, elle ne saisit le paradoxe de la destination choisie pour ses vacances de mars qu'une fois les réservations effectuées, à la plus grande joie de Frida. Anna, quant à elle, voulait juste du soleil, des plages, un pays exotique loin de la froide Europe. Ce fut donc l'Asie, célèbre pour son industrie du tourisme sexuel alors qu'Anna ne rêvait que de grand amour. Comme tous les lieux touristiques à vocation mondiale, l'île de Sentosa était un endroit aseptisé et trompeur, du moins dans ses zones réservées aux étrangers, microclimat où atterrissait et décollait une population en provenance des quatre coins du globe. Anna avait entendu parler de la nature et des fonctions de ces aires où il n'y avait d'autre distraction que la distraction, mais elle avait moins l'occasion d'en vérifier sur place le vide existentiel, une fois passés la surprise et le plaisir furtif du dépaysement. Elle s'efforçait de ne pas se laisser gagner par son penchant au désenchantement, par cette lucidité à laquelle elle voulait fausser compagnie pour profiter de la fin du séjour.

Ce garçon l'intriguait. Il était seul lui aussi et avait l'habitude d'occuper le même transat sur la plage en face de l'hôtel le matin tôt et en fin de journée. Vêtu d'un short ou d'un bermuda et d'un tee-shirt, il ne quittait pas ses vêtements, ne se baignait pas, regardait l'horizon, parfois lisait. Anna délaissa le bar de plage où elle aimait boire une bière en croquant des crevettes à la mangue pour se diriger vers lui avec l'intention de s'installer à la gauche du bel inconnu. Elle étendit sa serviette sur le transat voisin et posa son sac en toile dans le sable. L'homme ne bougea pas, cramponné à un livre de poche : *L'Espoir* d'André Malraux. Au bout de quelques secondes, la petite brune releva ses lunettes de soleil et s'adressa à lui dans cette langue qu'elle avait étudiée au lycée.

— Vous êtes français ?

— Je ne suis pas un gigolo et je ne suis pas là pour draguer. Vous vous êtes trompée d'endroit, répondit-il sans daigner détourner son regard du livre.

— Désolée de vous avoir importuné…

La jeune femme se leva en prenant ses affaires. Olivier tourna la tête et vit sa silhouette s'éloigner à petits rapides soulevant du sable dans leur sillage. Anna retrouva le comptoir du bar de la plage, où le garçon faisait rire deux quinquagénaires anglaises cramponnées à des whisky-Coca, et ne vit pas la personne ayant pris place sur le tabouret à sa droite.

— Excusez-moi pour tout à l'heure. J'ai été désagréable, sans raison.

— Je ne voulais pas vous déranger, je comprends que l'on veuille rester solitaire, même ici…

— Je suis seul, pas solitaire.

Elle sourit et prit cette confession comme une invitation à prolonger la conversation.

— Vous voulez boire un verre ? demanda Olivier.

— Si vous acceptez de ne plus être seul un moment, je prendrai une bière…

Olivier sourit à son tour et commanda deux bières, dont une sans alcool. Ils trinquèrent.

La conversation s'étira avec ce naturel rare que peuvent établir un homme et une femme délaissant les artifices de la séduction. Olivier n'avait pas menti, ce n'était pas son genre de collectionner les aventures, tandis qu'Anna n'aimait pas séduire, minauder, « se vendre ». Elle préférait tomber amoureuse. Dans le désordre et en riant de sa faculté à passer d'un sujet à un autre, elle confia à Christophe Givet, l'une des fausses identités les plus usitées par Olivier, né en banlieue parisienne, ses joies, ses espérances, quelques-uns de ses regrets aussi, sans s'attarder. Elle trébuchait sur certains mots, il la corrigeait en souriant. Christophe écoutait, répondait de façon lapidaire à ses questions, mais avec une douceur et des regards qui disaient beaucoup de sa simplicité, de sa franchise, de sa sérénité rassurante. Ils demandèrent des assiettes de poisson au barman car tous deux se sentaient bien dans cet endroit alors que rejoindre un restaurant plus bruyant aurait pu rompre le charme. Anna continua à la bière, Christophe passa au thé glacé. Il était dans « les affaires », dans l'import-export de voitures, devait se déplacer souvent dans la région et envisageait de s'installer en Corée du Sud. Un Français et une Autrichienne aux sangs mêlés qui se rencontraient sur une île d'Asie, cela ne devait pas être courant, fit-elle remarquer. Peut-être que parcourir des milliers de kilomètres était nécessaire afin de découvrir des gens qui vous ressemblaient. Christophe opina. Le tutoiement et les idées générales s'invitèrent. Ils partageaient la même aversion envers les relations humaines réduites aux apparences, aux modes, au culte de la beauté et de la jeunesse. On choisissait ses amis et ses amants selon ces pauvres critères, quelle tristesse. L'argent, ce n'était pas tout, renchérit Christophe. À quoi bon être le plus riche du cimetière ? Un éclat de rire scella leur communion de vues. La nuit était tombée. Ils firent quelques pas sur la plage.

— Mon hôtel est là, dit Anna. Je pars après-demain. J'espère que l'on se reverra d'ici là.

— Je crois que tu sais où me trouver.

Elle allait tendre son visage pour échanger des baisers sur les joues quand Christophe prit sa main droite entre les siennes, en la serrant fort quelques secondes pour qu'elle ne l'oublie pas.

— Je suis heureuse de t'avoir rencontré. Tu m'as fait du bien, lâcha-t-elle en rougissant, ce qu'il ne pouvait voir dans la pénombre et qu'il devina cependant.

Il la regarda rejoindre son hôtel sans regretter de lui avoir menti sur des détails. Pour le reste, il avait parlé du fond de son âme.

Anna et Christophe se revirent le lendemain et le surlendemain, quelques heures avant qu'elle rejoigne la capitale puis l'Autriche. Ils échangèrent leurs adresses électroniques et la jeune femme quitta Singapour, le cœur lourd et léger à la fois.

Les semaines suivantes, ils correspondirent avec de longs mails dans lesquels ils ne tardèrent pas à livrer leurs sentiments. « Tant de gens ont perdu leur capacité d'aimer. Nous sommes simplement des survivants dans un monde anonyme », écrivit un soir Christophe. Peu à peu, il lui parla de sa foi et de sa conversion à l'islam quelques années auparavant, c'était son choix, ce qui le tenait droit, le guidait jour après jour et il comprendrait si elle ne pouvait l'accepter. Anna comprit, même quand il lui expliqua que pour un musulman il ne pouvait y avoir de relations hors du mariage. Il l'appela alors à plusieurs reprises car elle ne devait pas se tromper ni accepter la situation par facilité.

Anna le rejoignit à Manille le 29 juin 2001. Elle se convertit le lendemain et ils se marièrent le 1er juillet dans une mosquée modeste de la ville.

Avoir vingt ans et être étudiante à New York, sans souci d'argent avec le soutien de sa famille qu'elle retrouvait toutes les deux ou trois semaines, le temps d'un week-end, ainsi qu'une partie des vacances : Kathy Burnett ne pouvait rêver mieux. Si elle se montrait aussi assidue que studieuse à la faculté de droit, la jeune fille ne se privait pas des émerveillements que réservait l'une des plus belles villes au monde, peut-être la plus excitante, la plus vivante. A l'inverse de tant d'êtres blasés, Kathy avait conscience de ses privilèges. Dans quelques années, elle travaillerait ici ou ailleurs, mais se souviendrait à jamais de ces moments-là.

— Profites-en, lui répétait son père, la vie passe vite. Il ne faut rien oublier, rien gâcher. Fabrique-toi de beaux souvenirs...

Ces beaux souvenirs, William Burnett regrettait de ne pas en posséder beaucoup. Les meilleurs trempaient quasiment tous, peu ou prou, dans la tragédie, le sang, la mort tant son métier l'avait occupé. On ne servait pas les Etats-Unis sans sacrifier des existences. Préserver la sécurité et la puissance du pays impliquait de devoir éliminer des gens. Il n'en ressentait ni remords, ni regrets, juste parfois un léger désenchantement le gagnait. Seules ses filles et sa femme lui avaient offert des joies dénuées de gravité.

Au printemps 1999, usé par ses années à la CIA, il demanda à retrouver son corps d'origine, l'armée de terre, qu'il réintégra à l'automne, peu après la guerre au Kosovo, au rang de colonel. Affecté au Pentagone, il profitait des agréments et de la routine propres aux bureaucrates. C'était ce que Burnett avait réclamé : un job tranquille, un bon salaire, peu ou pas de déplacements. Un placard doré, en quelque sorte. Au regard de ses états de service, on ne lui refusa pas la faveur. A bientôt cinquante-cinq ans, il méritait ce répit, Kathy étudiait à New York, Diana la rejoindrait vraisemblablement l'année prochaine. Lui et Rebecca se retrouveraient seuls et entreraient dans une nouvelle phase de leur vie commune. Rebecca s'était mise à la peinture, des natures mortes plutôt réussies, qu'elle refusait d'accrocher dans leur maison ou d'exposer. Dans quelques semaines, le 28 octobre, elle fêterait son quarante-huitième anniversaire. Kathy, supposée être retenue par la préparation d'un examen, serait là et Burnett avait réservé dans l'un des meilleurs restaurants de Washington. Ils boiraient du champagne et du pinot noir. Peut-être pourrait-il annoncer sa prochaine promotion au rang de brigadier-général ?

Depuis juillet, William Burnett connaissait des nuits agitées, se réveillant souvent vers 4 heures et tentant de contrarier sa nervosité avec un verre de lait. Quand l'insomnie durait, il allumait la télévision sur une chaîne sportive. Aucune inquiétude ne résiste à un match de base-ball ou de basket, se disait-il en zappant, et en se rabattant sur une rediffusion proposée par ESPN. Tel un animal sentant l'orage arriver, une crainte indistincte l'habitait. Ce n'était pas pour s'angoisser qu'il avait choisi de devenir l'un de ces ronds-de-cuir galonnés qu'il exécrait naguère. Impossible pourtant de chasser durablement le désagréable pressentiment qui gâchait son sommeil.

Ce mardi matin, nul désagrément ne taraudait le colonel Burnett. La circulation fluide transforma le trajet en voiture en agréable promenade de fin d'été, il faisait encore frais à bientôt 8 h 30 et à la radio les Honeydrippers reprenaient *Sea of Love*, un standard indémodable de la fin des années 50. Parfaite bande originale. La journée s'annonçait gentiment insipide, une réunion inutile à 11 heures et un rendez-vous à 15 heures en seraient les points culminants. Parcourant la presse du jour, il but le décaféiné long, que sa secrétaire avait apporté, en fredonnant la rengaine langoureuse entendue dans la voiture : « Do you remember when we met?

That's the day I knew you were my pet... Come with me, my love, to the sea, the sea of love ».

Quelques instants plus tard, tout le monde était en ébullition. Une véritable ruche. Cela faisait une vingtaine de minutes que les informations les plus alarmistes étaient confirmées. D'ailleurs, les images affluaient maintenant sur les écrans. Finalement, la journée serait longue et harassante. Et merde. Tout en faisant bonne figure et adoptant son impassibilité la plus militaire, Burnett essaya de joindre Kathy, puis Rebecca et Diana. Messageries ou pas de réseau.

Il ne vit pas sa mort venir, mais il l'entendit sans le savoir. Un bruit sourd qui devenait plus pressant, des murs qui tremblaient, des secousses comme un tremblement de terre avant la déflagration.

Il était 9 h 37 ce 11 septembre 2001 quand un Boeing 757 vint s'encastrer dans l'aile ouest du Pentagone.

Après le 11 Septembre, Olivier Berthet redoubla de prudence. Nombre de personnes avec lesquelles il était en contact se retrouvaient dans la ligne de mire à la fois des services de leurs pays respectifs et de ceux des pays occidentaux. Tout le monde ou presque voulait donner des gages aux Etats-Unis, quitte à livrer des prisonniers n'ayant que de très lointains rapports, voire aucun, avec les organisations islamistes armées ou les cellules clandestines du djihad. L'intervention militaire en Afghanistan focalisa l'attention quelques mois, mais une fois les talibans chassés du pouvoir, la traque des « terroristes » se poursuivit, partout. On éliminait, on arrêtait, on raflait, on « interrogeait », on expatriait, on détenait des « suspects ». La filiation à Al-Qaida était accordée généreusement. L'Occident avait identifié le Mal : l'islam. En dépit des dénégations officielles, tous les musulmans devenaient des cibles destinées à assouvir la soif de vengeance.

Des innocents étaient morts lors des attentats contre les tours jumelles et dans les deux autres avions détournés, il en convenait tout en enrageant que les vies américaines vaillent toujours plus que celles des autres. Qui se souciait des civils bosniaques pendant la guerre ? Des enfants palestiniens qui tombaient sous les balles depuis des années ? Des Irakiens soumis à un embargo qui avait causé des centaines de milliers de morts par la famine et les maladies ? Combien de morts à Hiroshima et Nagasaki ? Au Vietnam ? Dans toutes les dictatures soutenues par l'Amérique et ses alliés ? Pendant la guerre du Golfe ? Cela, les « démocraties » s'en accommodaient sans gêne. Et elles donnaient des leçons de morale, s'étonnant que, pour une fois, la mort qu'elles infligeaient en toute bonne conscience vienne les frapper en retour ? Hypocrisie.

Quand il vit les images du World Trade Center en feu sur les écrans de télévision d'un bar de Manille où il dînait, Olivier ressentit une joie dénuée d'excitation, un immense apaisement. Pour avoir tellement tué aveuglement, l'Amérique payait à son tour, elle allait connaître la douleur de chercher les corps des siens dans les gravats, de pleurer des femmes, des maris, des enfants. De retour à son hôtel, Olivier ne put s'empêcher d'appeler quelques amis sûrs pour partager ce moment. Des avions détournés et transformés en missiles :

il avait entendu parler de ce projet insensé alors baptisé « Bojinka » de nombreuses fois des années auparavant. Il voyait plutôt là une légende urbaine jusqu'à ce qu'une vingtaine de martyrs réussisse l'exploit de la façon la plus spectaculaire qui soit. Personne n'oublierait comment l'Amérique avait été blessée en plein cœur. Un bon musulman ne pouvait se réjouir de la mort de civils. Cependant, dans le gigantesque conflit se déroulant, de telles choses arrivaient. En Occident, on parlait de « dommages collatéraux » pour justifier des crimes de guerre, du terrorisme d'Etat. Malgré les apparences, des règles dictaient la conduite des justes. Quand il appartenait à la 7e brigade, Olivier avait reçu un livret présentant les « Instructions à l'usage du combattant musulman ». A propos des prisonniers, l'interdiction de tuer les femmes, les enfants et les religieux qui ne participaient pas à la guerre et qui n'apportaient pas assistance à l'ennemi, directement ou indirectement, était signifiée. De même, l'islam prohibait torture ou maltraitance envers les prisonniers ainsi que la mutilation des ennemis blessés ou morts. Bien sûr, ces règles s'imposant à tous les soldats pouvaient être suspendues si un supérieur hiérarchique l'estimait nécessaire dans la défense de l'intérêt général ou de la protection de la population dont il avait la charge.

Les attentats du 11 Septembre firent sentir leur onde de choc immédiatement en Bosnie où des centaines de moudjahidin furent déchus de leur nationalité, arrêtés, extradés, envoyés dans des lieux de détention secrets. La présence de Khalid Cheikh Mohammed, considéré comme le cerveau de l'opération, ainsi que d'autres pirates de l'air comme Khalid al-Mihdhar et Nawaf al-Hazmi, en Bosnie durant la guerre servit de prétexte à de vastes coups de filet. Comme après les accords de Dayton, Sarajevo tenait à se faire bien voir des Américains sans hésiter à sacrifier quelques-uns de ses enfants les plus valeureux. Des noms de frères à côté desquels il s'était battu et soupçonnés du jour au lendemain de « soutien à association terroriste » parvenaient régulièrement à Olivier qui en éprouvait une rage désolée. Avoir risqué leur vie pour les musulmans de Bosnie valait maintenant acte d'accusation aux volontaires étrangers.

De toute façon, le combat allait se poursuivre. Ce serait coup pour coup. Malgré les nouvelles consignes de sécurité, se déplacer dans les aéroports d'Asie du Sud-Est avec de faux papiers et de fausses identités demeurait chose aisée. Ses passeports venaient de Thaïlande où l'on fabriquait ce qui se faisait de mieux, il changeait de téléphone portable tous les quinze jours et veillait à ce que les échanges de mails avec Anna, rentrée en Autriche, s'effectuent depuis différents cyber-cafés et plusieurs adresses électroniques. On mit Olivier en liaison avec un Pakistanais de Singapour où il tenait une entreprise de commerce de voitures d'occasion destinées en particulier à l'Indonésie. C'est là-bas qu'il devait essayer de s'installer les prochains mois en travaillant pour l'une des filiales de la société située sur le port de Jakarta.

Le 10 octobre 2001 se tint à la cour d'assises de Lille le procès du Gang de Lille où comparaissaient Rafik Tarim, Saïd Salah, arrêté en avril 1996 en Espagne, et Karim Mansouri. Olivier Berthet serait jugé par contumace. Mourad Mokri, abattu à Alger en 1997, avait rejoint la liste des autres membres du gang morts. Si les deux premiers étaient accusés d'avoir participé à l'attaque du fourgon de la Brink's et à l'attentat raté contre la réunion du G7, Karim Mansouri n'avait fait que croiser la route de Berthet en Bosnie où il l'accompagna dans leurs braquages là-bas, mais sa présence à Lille à l'époque des faits et la facilité avec laquelle les autorités bosniaques avaient accepté de l'extrader expliquaient sa comparution devant la justice française. Quelques semaines après le 11 Septembre, l'ambiance n'était pas à la clémence envers ceux auxquels la presse prêtait des liens avec l'islamisme international et le djihad. Rafik et Saïd furent condamnés chacun à vingt ans de réclusion, Karim écopa d'une peine de trois ans avec sursis sans que l'on comprenne vraiment pourquoi, sinon que l'institution ne pouvait se ridiculiser en le laissant partir vierge de toute peine et que le sursis ne prenait pas une allure d'erreur judiciaire. Quant à Olivier Berthet, ce fut la perpétuité. Sans grand succès, Rafik et Saïd avaient tenté de se défausser sur lui et ceux qui étaient morts, de les accabler de tous les torts pour atténuer leurs condamnations. Olivier suivit son procès en lisant la presse française sur Internet. Les journalistes partageaient le sentiment qu'il avait été vraisemblablement tué en Bosnie lors de son « évasion » de la prison de Sarajevo. L'ancien membre de la brigade El Moudjahid en savait trop. On l'avait liquidé. Peut-être avait-il côtoyé alors les réseaux de Ben Laden ? Sans doute aurait-il pu identifier des criminels de guerre bosniaques ou indiquer l'emplacement de fosses communes ? On lui en prêtait beaucoup. Dans un sens, c'était bien vu, tout en étant faux. En tout cas, assister à son procès à dix mille kilomètres de là en passant pour mort était un plaisir rare.

Lors des conversations téléphoniques et surtout électroniques avec son épouse, Christophe Givet – car pour leur sécurité commune, il devait rester fidèle à ce double – racontait son existence en prenant quelques accommodements raisonnables avec la réalité. Il lui parla de la Bosnie où il avait fait de « l'humanitaire », de sa découverte de la religion l'ayant écarté des vulgaires ambitions de la vie moderne et des mauvais chemins. Olivier n'avait pas le sentiment de mentir en décrivant une partie du parcours de Christophe et, en effet, il se confiait souvent avec une franchise rare, celle qu'autorisaient les adhésions supérieures et la soumission à quelque chose nous dépassant. Quand elle lui demandait de la rejoindre en Autriche, Christophe temporisait, arguait de contrats et de tâches professionnelles complexes, longues à conclure, de déplacements à effectuer dans la région. Là aussi, ce n'était pas faux. Il disait que le temps était de leur côté, que de longues années les attendaient pour construire une vie heureuse, une famille. Que pesaient quelques mois de séparation face à ce privilège que peu connaissaient sur terre ? Anna finissait par acquiescer, impressionnée par l'assurance, la force de son mari pour lequel la distance permettrait de consolider la puissance de leur amour.

Enfin, ils se revirent durant les quinze premiers jours de janvier à Singapour, mais la perspective de leur nouvelle séparation se révéla douloureuse pour Anna surtout quand son mari lui apprit sa prochaine installation en Indonésie l'été suivant.

— Je viendrai avec toi, je veux être à tes côtés. Je quitterai mon travail à l'hôtel et je pourrai te donner un coup de main. De toute façon, être si loin l'un de l'autre n'est pas une vie.

Cette fois, Christophe comprit qu'il n'y avait plus d'alternatives ni d'atermoiements possibles. Le visage d'Anna, qui retenait des larmes que sa voix trahissait, l'émut.

— D'accord, mon amour. Tu as raison.

Dieu veillerait sur eux comme il avait veillé sur lui jusque-là.

Le 17 juillet 2002, alors que la Coupe du Monde de football venait de s'achever, Christophe Givet arriva à Jakarta, depuis Singapour via Séoul, où un appartement situé dans le « quartier chinois » l'attendait, loué par un proche de Fateh Kamel. Quelques jours plus tard, Anna le rejoignit et, tout à son bonheur de retrouver son époux, trouva bien des charmes à ce quartier exotique, coloré, bruyant, où pullulaient les trafics, mais où elle se sentit aussitôt *chez elle*. Le port de Jakarta était un atout précieux pour la société de vente de voitures pour laquelle travaillait Christophe. Elle envoyait par cargos des véhicules en Russie, ce qui n'empêchait pas son gérant de multiplier les allers-retours avec les Philippines, la Corée du Sud, Taïwan ou Singapour. Il ouvrait des comptes, procédait à des transferts de fonds, recevait des mandats tel un banal homme d'affaires à l'ère de l'économie mondialisée. Devant ces absences répétées et l'euphorie des retrouvailles dissipée, Anna s'ennuyait, ressentait déjà le mal du pays. Elle souhaitait que le couple s'installe à Vienne, qu'ils montent leur affaire : pourquoi pas une agence proposant des voyages organisés en Asie ou l'un de ces restaurants de sushis dont ils raffolaient et qui étaient encore rares en Europe ?

Une nouvelle fois, Christophe céda. Il devrait planifier la fin de son activité en bonne intelligence avec ses patrons. Ce n'était qu'une question de mois, promit-il à son épouse, il ne pouvait partir en laissant en plan des contrats déjà signés. Après les attentats de Bali au début du mois d'octobre, fomentés par la Jemaah Islamiyah, qui causèrent plus de deux cents morts, il diminua la fréquence de ses déplacements dans la région, ce qui ralentit certaines opérations en cours. Quand il fit part de son intention d'aller vivre en Autriche avec sa femme, on lui donna assez rapidement le feu vert. Dans la foulée du 11 Septembre, la cellule de Hambourg avait été démantelée et l'organisation cherchait à établir de nouveaux réseaux en Allemagne, en Autriche et en Suisse. Tout s'annonçait bien. Du moins, apparemment. Christophe travailla d'arrache-pied, le couple s'offrit un séjour à Tokyo en fin d'année jusqu'au nouvel an, la guerre en Irak se profilait. A trente-trois ans, il éprouvait le besoin de changer d'existence, d'objectifs, de connaître un quotidien débarrassé des contingences du double jeu, de la dissimulation, de la manipulation. Anna l'apaisait, ouvrait des horizons inattendus. La possibilité de vivre simplement son amour et sa foi était maintenant à portée de main. Sans regretter le moindre de ses actes, Christophe voulait autre chose que cette vie de fuyard, de clandestin. Il se sentait comme un ancien combattant et l'heure du répit mérité était venue. Existent des moments où l'on ne sait plus vraiment pourquoi on est là et pas ailleurs, pourquoi on a choisi cette voie plutôt que cette autre, des moments où l'on se demande si l'on est Olivier, Christophe, Gérald, Abou ou Sami. Le temps passait à la vitesse de la lumière, il convenait de ne pas gâcher celui qui restait à vivre sur terre.

Anna regagna l'Autriche à la fin du mois de juin et Olivier débarquerait à Vienne le 15 septembre 2003. Il allait retrouver l'Europe, ce continent où il était né, s'était battu, avait failli mourir. Rien ne l'arrêterait désormais. Ni ses amis, ni ses ennemis. Seul Dieu était maître des cartes.

C'était une chose étrange que de vivre à nouveau en Europe, de voir tous ces Blancs, de songer que la France était là, tout près. Les mois précédant son arrivée, Olivier s'était mis à l'étude de l'allemand ainsi qu'à un « business plan » – il employait cette expression ironiquement – pour leur projet de restaurant de sushis. Le couple s'installa dans l'appartement d'Anna, coquet soixante mètres carrés au deuxième étage d'un immeuble dans le quartier populaire de Spittelberg. Tout se passait bien. Il fit la connaissance de sa belle-mère, Madalena, assistante maternelle qui vivait seule depuis son divorce dix ans auparavant et le retour de son ex-mari en Italie. Bien que déjà adulte, Anna vécut mal cette séparation parentale sans trop l'évoquer devant son mari qui, lui, avait perdu cruellement ses parents à peu près au même âge. Sa mère d'un cancer, son père d'une crise cardiaque deux ans plus tard. La jeune femme avait compris qu'il ne fallait pas aborder ce sujet afin de ne pas rendre Christophe mutique et triste. A Vienne, ils étaient enfin ensemble. Pour longtemps, peut-être pour toujours.

En quittant l'Asie, Olivier avait prévenu ses relations et ses contacts qu'il souhaitait prendre du recul, un nouveau départ. Le message sembla avoir été reçu, mais presque un mois après son arrivée à Vienne, un homme l'aborda à la sortie de la mosquée un vendredi de prêche. Il s'adressa à lui en français, dit s'appeler Zouhar Chalah et proposa de boire un café ou thé à quelques centaines de mètres de là. Agé d'une quarantaine d'années, imberbe, l'homme portait beau malgré son costume légèrement élimé.

— Moi aussi, j'étais en Bosnie, annonça-t-il après que le garçon eut déposé deux cafés turcs fumants sur leur table adossée à une vitrine qui permettait de suivre le trafic dans la rue ainsi que les entrées dans l'établissement. Je suis un ami de Fateh Kamel et il me charge de vous dire que des instructions vous attendent dans une consigne de la gare centrale.

— Vous savez, je ne suis plus dans le coup. Une page s'est tournée, comme on dit. Je viens de rejoindre ma femme et nous voulons ouvrir un restaurant. Sans alcool ni porc, bien sûr. Un restaurant de sushis, précisa-t-il en souriant avec un air de défi.

— Je comprends. Vous avez raison de penser à l'avenir, mais vous devez beaucoup à ceux qui vous ont permis d'échapper à la prison, à pire encore...

— Je ne suis redevable qu'à Dieu.

— Bien sûr, comme nous tous. Il ne faut pas l'oublier. Il ne faut rien oublier, n'est-ce pas ? Sur ce morceau de papier, continua à voix basse Zouhar Chalah en faisant glisser sa main gauche vers Olivier, se trouvent le numéro de la consigne et son code. Faites ce que bon vous semble. Fateh Kamel aura, de toute façon, de vos nouvelles.

L'homme sortit du café et passa devant la vitrine sans regarder Olivier qui avait chiffonné le bout de papier dans la poche gauche de son jean.

Une demi-heure plus tard, il récupérait à la Westbahnhof une grande enveloppe à bulles qu'il ouvrit à l'appartement. Elle contenait un téléphone portable, trois passeports, 5 000 euros en coupures de cent et une liste de plusieurs personnes à appeler dont, en priorité, Andrew Rowe. Olivier avait connu en Bosnie cet Anglais converti à l'islam, que l'on surnommait « Youssef le Jamaïcain ». Au-delà de sa bravoure au combat, il se singularisait par ses imprécations contre les « croisés », les Juifs, les Américains. Grièvement blessé par un tir de mortier quelques jours avant la fin de la guerre, Youssef fut exfiltré vers Londres via une organisation humanitaire.

On demanda à Olivier de l'héberger vingt-quatre heures et de lui remettre un passeport. Anna accepta que cet homme que Christophe disait avoir côtoyé lors de ses missions humanitaires en

Bosnie passe une nuit sur le canapé de leur salon. Personne n'informa Olivier de son arrestation deux jours plus tard à l'aéroport de Munich. Il ne savait pas non plus qu'Andrew Rowe était soupçonné d'avoir été en contact avec les auteurs des attentats de Casablanca qui firent quarante-cinq morts au printemps. Aussi, quand Zouhar Chalah revint vers Olivier au début du mois de décembre, ce dernier accepta encore une fois de jouer le messager. Une chambre avait été réservée et payée au nom de Christophe Givet, pour la nuit du 20 décembre, dans un hôtel voisin de l'aéroport de Vienne. Quelqu'un le contacterait alors par téléphone et fixerait un rendez-vous. Il devait occuper la chambre à partir de 14 heures et la libérer à 11 heures du matin le 21, l'appel surviendrait durant cet intervalle.

L'après-midi et la soirée passèrent en jonglant avec les dizaines de chaînes de télévision dont la chambre était pourvue. Jeux débiles, séries remplies de clichés et de rires enregistrés, clips où se déhanchaient des filles presque nues, informations en continu répétant les mêmes images et les mêmes propos, publicités, matchs de foot, films d'action : les programmes présentaient l'avantage de ne pas encombrer l'esprit ni de détourner l'attention du téléphone posé à sa gauche sur le lit. Quelle misère, se disait Olivier. L'Occident était à bout de souffle, prisonnier avide de cette camelote mortifère, se goinfrant d'objets et d'images vulgaires. Il avait pourtant choisi de vivre parmi ceux-là par amour pour Anna. La foi serait surtout l'indispensable antidote à cette entreprise de destruction du sens, du sacré, du beau qu'avait entreprise le monde moderne. Rien ne pourrait contrarier la course à l'abîme dans laquelle se lançaient les âmes éteintes vouées à l'adoration de fausses idoles, il s'agirait de se tenir à l'écart et d'éviter les éclats des catastrophes à venir. La machine à café à disposition dans la chambre lui permit de ne dormir que d'un œil à côté de ce téléphone qui ne sonnait toujours pas. Quand il se réveillait, environ toutes les vingt minutes, l'écran de télévision déversait imperturbablement des rations d'abrutissement volontaire ou consenti.

A 7 heures, Olivier décida de prendre une douche pour se purifier de cette mauvaise nuit. Sous l'eau brûlante, il comprit ce qui se passait : le bruit d'une porte fracassée, des hommes qui cavalaient dans la chambre en hurlant des injonctions en allemand avant de faire irruption dans la salle de bains. Nu face à des individus casqués en uniformes noirs pointant des pistolets mitrailleurs, il comprit que, comme à Sarajevo, il n'y avait aucune échappatoire.

Sous Christophe Givet, la police allemande ne tarda pas à découvrir Olivier Berthet recherché par Interpol et qui, en mai 2004, fut extradé vers la France. Durant les quatre mois de détention à la prison de Stein à soixante-dix kilomètres de Vienne, il se livra à la lourde tâche d'expliquer à Anna, lors de ses visites et surtout à travers de longues lettres, pourquoi il lui avait dissimulé son passé. Elle fut d'abord dévastée, déboussolée, incrédule à l'annonce de l'arrestation de son mari dont elle ne connaissait même pas le vrai nom et devant le poids des accusations pesant sur lui, mais elle se reprit vite, prit conscience des raisons d'« Olivier », de l'engrenage dans lequel il avait été emporté, de la crainte que la vérité ne la fasse fuir alors qu'il voulait construire sa nouvelle vie avec elle. Il n'avait tué personne en France, lui jura-t-il. Elle le crut volontiers. Finalement, ces révélations venaient confirmer des doutes, des interrogations, des craintes qu'elle avait chassés chaque fois qu'ils s'invitaient. « Christophe » n'aimait pas parler de son passé, le balayait comme une chose anodine ou trop douloureuse à évoquer à l'image de ses parents disparus. Cela convenait alors à Anna : seuls le présent et l'avenir comptaient désormais. Pourquoi les gâcher avec des choses qui ne reviendraient plus ? Sur ses activités en Asie et ses incessants voyages, elle ne fit pas preuve de plus de curiosité, préférant accepter les explications lapidaires d'Olivier. La vérité l'avait rattrapée, les avait rattrapés.

Après sa condamnation par contumace à perpétuité, Olivier Berthet eut droit à un nouveau procès qui débuta le 5 décembre devant la cour d'assises de Lille. Face à la gravité des charges, « tentative de meurtre sur agents de la force publique, vols avec armes, tentative de destruction de biens par explosifs et association de malfaiteurs », son avocat, maître Francis Kahn, célèbre pour sa crinière grise et sa voix de stentor que le public avait appris à reconnaître lors d'affaires médiatiques plaidées depuis des années, opta pour une défense simple : son client n'avait eu aucun lien avec des groupes terroristes et son expérience traumatisante de combattant en Bosnie avait fait d'un jeune homme idéaliste, persuadé d'avoir « été trahi par des politiciens », un « soldat perdu ». Cette stratégie présentait l'avantage de faire diversion des actes criminels du Gang de Lille pour déplacer les débats et les enjeux vers la dérive presque romantique d'un homme seul accusé à tort d'appartenance au terrorisme international.

Les témoignages de policiers et de convoyeurs pris pour cibles ainsi que la pugnacité de l'avocat général mettaient à mal les arguments de la défense et replaçaient les actes dans leur violence la plus crue : participation à quatre attaques à main armée dont l'une provoqua la mort par homicide d'un automobiliste, tirs sur des policiers avec des armes de guerre, attaque d'un fourgon de la Brink's au lance-roquettes, tentative d'attentat, déluge de feu sur des agents du RAID dont certains furent gravement blessés... Le tout en l'espace de quelques mois.

Tour à tour détendu ou nerveux, Olivier minimisait son rôle. Les braquages de supérettes : il faisait seulement le chauffeur. L'attaque de la bijouterie où un homme fut tué : il n'y était pas. Le fourgon : il n'était que guetteur, il n'avait pas tiré. La fusillade sur le parking : il aurait pu abattre l'un des policiers, il l'avait épargné. La tentative d'attentat : c'était le projet du seul Jean-Luc Caves. L'assaut du RAID contre l'appartement : il avait pris la fuite. Cependant, lors de leur procès, Rafik Tarim et Saïd Salah l'avaient désigné comme celui qui gara la voiture remplie de bonbonnes de gaz devant le commissariat non loin de là où aurait lieu la réunion du G7. Lui-même l'avait reconnu devant le juge.

— Je ne voulais pas donner l'impression d'avoir abandonné mes camarades. J'avais un peu honte. J'ai inventé cela par bravade...

Concernant sa longue cavale en Bosnie puis en Asie, Berthet alternait mutisme et réfutation de son image d'islamiste lié au terrorisme international. La Bosnie, c'était la guerre, il s'était battu pour défendre des civils, mais il n'était pas un djihadiste.

Comment s'était-il évadé de la prison de Sarajevo ? Comment avait-il rejoint les pays d'Asie où il avait vécu des années durant ? Avec quels passeports ? Quel argent ?

Maladroites, les réponses ne variaient guère : « Je ne veux pas impliquer ceux qui m'ont aidé, ils auraient des problèmes... », « Je ne peux rien dire là-dessus... » Pourquoi Singapour, les Philippines, l'Indonésie, la Corée et Taïwan ? « Quitte à me planquer, il valait mieux les plages de Singapour que l'Afghanistan, non ? » L'humour passait mal à la cour d'assises de Lille et nombre de témoins ramenèrent ses tentatives de diversion à un contexte plus terre à terre. Des agents des renseignements français attestèrent des liens d'Olivier Berthet avec la Jemaah Islamiyah, organisation armée islamiste indonésienne responsable des attentats de Bali, ainsi que des contacts étroits du Gang de Lille avec la cellule djihadiste de l'Algérien Fateh Kamel basée à Montréal. Les multiples identités sous lesquelles le Français se déplaça et vécut ne pouvaient avoir été fournies que par des groupes terroristes en activité. Les nombreux transferts de fonds qu'il opéra ou dont il bénéficia en Asie – des relevés bancaires en attestaient – devaient servir à alimenter ces réseaux. Des projets d'attentats, imputés à des filières d'Al-Qaida, avaient été démantelés après le 11 Septembre au Japon et en Thaïlande tandis que l'on soupçonnait certains hommes arrêtés alors d'avoir été en contact avec lui. En Autriche, il avait rencontré des djihadistes bien connus comme l'Algérien Zouhar Chalah et le Britannique Andrew Rowe, deux autres vétérans de Bosnie. Les faits et les soupçons défilaient implacablement tandis que le témoignage de l'ancien juge antiterroriste François Marchand, un temps en charge du dossier sur le Gang de Lille, qui avait rencontré Berthet dans sa prison de Sarajevo, enfonça le clou.

— Je suis convaincu que monsieur Berthet est un terroriste. Nous sommes face à un croisé de la guerre sainte, un djihadiste international. Un homme dangereux hier, aujourd'hui comme demain, conclut-il en martelant ces derniers mots.

Chaque jour, Olivier encaissait les coups, contenait sa rage, son envie de riposter. Des regards ou des rictus trahissaient des sentiments plus sincères que l'impassibilité recommandée par maître Kahn. Il bouillonnait.

Que savaient-ils, tous ces pantins de la vie, de la mort, de la guerre ? Ce beau monde se donnait des frissons à bon marché et de nobles responsabilités en le transformant en un petit Ben Laden, un terroriste avec le coran entre les dents. Et chacun d'y aller de son point de vue, de ses supputations déguisées en théories, de ses délires. Aux agents de renseignement, il aurait volontiers demandé : « Quels sont vos états de service ? Quels attentats avez-vous déjoués ? Quels réseaux avez-vous démantelés ? Avez-vous tenu une arme un jour ? Tiré ? Quelle est votre légitimité pour me juger ? D'où viennent vos informations ? Comment ai-je pu vous échapper si longtemps ? » Quant au juge Marchand, il s'était livré à une minable petite vengeance. Olivier lui avait glissé entre les doigts, l'affaire du Gang de Lille lui avait ensuite aussi échappé. Certes, les deux hommes s'étaient revus, comme le juge l'avait promis à Sarajevo, mais pas au moment ni dans les circonstances qu'il espérait.

Le sommet du grotesque fut atteint avec le témoignage de la psychologue qui était venue le voir à deux reprises avant le procès. Il ne lui avait rien dit ou presque. Peu importe, un rapide survol de son dossier l'autorisa à échafauder ses élucubrations : Jean-Luc Caves avait endossé aux yeux d'Olivier « le rôle du grand frère » qu'il n'avait pas eu. Ben voyons, le rôle du père, de la mère et des sœurs étaient déjà occupés, alors partons pour le frère. La religion avait par ailleurs agi sur lui « comme une drogue ». Original. Ne manquait que « l'opium du peuple ». Même si les braquages en Bosnie n'avaient rien à faire dans les débats, l'avocat général les rappela complaisamment. La juge, petite femme assez corpulente d'une cinquantaine d'années, l'interrogeait avec une agressivité teintée de mines de dégoût. Comment faire face à une telle avalanche ? Pas plus de chances de s'en sortir qu'un taureau dans une arène.

Les soupirs las d'Olivier accompagnèrent les témoignages de ses deux sœurs qui le décrivirent comme un être doux, généreux, soucieux des autres. Anna parla avec les mots d'une femme aimante, pas forcément les plus convaincants pour des jurés auxquels on avait dressé le portrait d'un dangereux terroriste : « Je sais qu'il m'aime, je l'aime et il a besoin de moi. En prison, il m'a raconté sa vie. Olivier n'est pas un terroriste, il n'a tué personne. » Moins attendu fut le témoignage le huitième jour du procès de Laurent Maréchaux, grand reporter ayant couvert la guerre en Bosnie, qui consacra plusieurs articles à Olivier Berthet et lui rendit visite quand il fut incarcéré à Sarajevo puis à la Santé.

— Transformer Olivier Berthet en djihadiste est totalement fantaisiste. Il a pu croiser des extrémistes islamistes, il ne les a pas suivis. Il n'est pas allé se battre en Tchétchénie, en Algérie, au Yémen… C'est un idéaliste. A une autre époque, il aurait été maoïste, trotskiste ou anarchiste comme beaucoup de ma génération. Cela a été l'islam. En outre, l'absence de haine m'a immédiatement frappé chez lui. Les terroristes, les djihadistes ont besoin de haïr. Berthet baigne dans une sorte de bienveillance non feinte. Il est en paix, avec lui-même et avec les autres. Dans ma vie, par mon métier, j'ai rencontré des combattants féroces, des criminels de guerre. Berthet ressemble beaucoup plus à un casque bleu qu'à un moudjahid.

Largement repris dans la presse, le témoignage de Laurent Maréchaux fut le lendemain balayé avec fougue par l'avocat général décidé à ne s'encombrer d'aucune subtilité. Haussant la voix tel un mauvais comédien singeant la colère, il dénonça un Berthet rejetant ses fautes sur les autres, se peignant en justicier alors qu'il n'était qu'« un lâche criminel », un terroriste « froid et déterminé » capable de déposer une voiture chargée d'explosifs devant sa cible comme ceux qui avaient frappé la gare d'Atocha à Madrid quelques mois auparavant.

— Vous n'avez jamais été là *par hasard*, ou *sans le vouloir*, comme vous essayez de nous en convaincre. Vous êtes un terroriste, ne pas le reconnaître et l'accepter prouve la lâcheté qui vous condamne. Je requiers trente ans de réclusion criminelle assortis d'une peine de sûreté de vingt ans.

La cour suivit l'avocat général. Olivier Berthet fut reconnu coupable de tentatives d'homicide volontaire contre des policiers, des convoyeurs de fonds et de tentative d'attentat. Les autres braquages ne furent pas retenus. De toute façon, cela suffisait. En avril 2006, la cour d'assises d'appel de Paris ramena la peine à vingt-cinq ans de réclusion criminelle, toujours incompressible des deux tiers.

Lors du premier procès, Olivier avait exprimé ses regrets, demandé pardon aux victimes du Gang de Lille, aux blessés et à leurs familles.

— Je n'ai tué personne, mais je m'en veux. Je suis sincère, je demande pardon. A tout le monde, à tout le monde. J'ai une dette et je vais la payer. Je ne suis pas un terroriste ni un assassin. J'aspire juste à une vie paisible.

Le 15 décembre 2004, en quittant la salle de la cour d'assises de Lille après le verdict envoyant Olivier Berthet en prison pour trente ans, Emmanuel Faubert ne savait plus trop quoi penser. Depuis le début du procès, il avait signé pour le grand quotidien où il était journaliste des articles plutôt sévères envers le « Ch'ti d'Allah », le « djihadiste français ». Sans évidemment que cela ne transparaisse trop dans ses écrits car il n'aimait pas hurler avec la meute ni accabler les accusés, il avait souhaité que cet homme soit condamné lourdement. A présent, il ressentait un certain malaise. Non qu'il ait été convaincu par le témoignage de son confrère Laurent Maréchaux le présentant comme un « casque bleu » – drôle de casque bleu qui s'était battu en Bosnie au sein de la brigade rassemblant des volontaires islamistes enragés venus des quatre coins du globe. Non, il s'agissait de quelque chose de plus trouble et diffus. Berthet était âgé de trente-cinq ans, Emmanuel de trente-deux. Aurait-il pu emprunter une voie semblable à cet aventurier, ce soldat perdu en cavale ? Sans doute pas. En réalité, Olivier Berthet réveillait en lui la présence de son père Jacques, mort voici sept ans. Accident de la circulation ou suicide ? Le témoignage du chauffeur et de passants accréditait la seconde hypothèse, les employeurs de Jacques Faubert et sa femme optèrent pour la thèse de l'accident. Sans qu'il puisse expliquer le phénomène, le visage et les traits de son père s'estompaient parfois de sa mémoire. Souvenirs flottants. Il fallait alors qu'Emmanuel retrouve des photos pour que son apparence ressurgisse. Ces jours-ci, chaque fois qu'il avait croisé le regard d'Olivier Berthet, le visage de Jacques Faubert revint intact.

Sur son ordinateur, Emmanuel commença l'article à paraître le lendemain. Les lignes s'enchaînèrent avec la facilité d'une dictée.

« En entendant le verdict, trente ans de réclusion criminelle, Olivier Berthet a semblé sentir monter en lui une petite vague inerte et désespérée qui était comme le bord des larmes. La faute a des pouvoirs que l'amour n'a pas… »

J'ai joué, j'ai perdu. De longues années de prison s'ouvrent devant moi. Nul Daoud, cette fois, ne viendra me libérer du cachot. J'ai pris parfois des chemins escarpés, peu empruntés, l'air y était plus respirable et la joie moins chère que dans votre quotidien sans âme. Renonçant à la fatalité des vies ordinaires et programmées, au confort de posséder l'inutile, j'ai tourné le dos à des intérêts immédiats pour un intérêt supérieur. Mes pas ont suivi les empreintes d'autres pas, ceux de la communauté des croyants qui m'a donné le courage.

Grâce à Dieu, j'ai compris que je n'étais pas meilleur que Lui et que je ne le serais jamais. Les mots des impies sont vides, balles à blanc tirées en l'air. Comment comptez-vous venir à bout de quelque chose dont vous refusez d'admettre l'existence ? Vous ne croyez en rien. Qui vous sauvera alors ? Qui appellerez-vous à votre secours depuis vos téléphones portables dernier cri quand la mort viendra ?

# *Soldat d'Allah*

Une vie terrestre peut se résumer à quelques minutes capitales qui, au final, ne doivent pas dépasser une heure ou deux lors de notre dernier souffle. Comme la prière, ces moments décisifs nous rapprochent de Dieu, de son jugement. J'ai déjà eu mon lot de ces instants. J'ai fait la guerre, échappé à la mort tant de fois que celle-ci ne m'effraie plus. Puis, Il veille sur moi, décide de tout. Il m'accueillera.

Vous pourriez me haïr, mais êtes-vous encore capables de cela ? Ne me plaignez pas. Je suis plus vivant que vous.

# Dans la même collection

| | |
|---|---|
| **Albertini** (Antonio) | *La femme sans tête* |
| **Bachi** (Salim) | *Moi, Khaled Kelkal* |
| **Besson** (Philippe) | *L'Enfant d'octobre* |
| **Castillon** (Claire) | *Les merveilles* |
| **Chessex** (Jacques) | *Un Juif pour l'exemple* ▪ *Le Vampire de Ropraz* |
| **Decoin** (Didier) | *Est-ce ainsi que les femmes meurent?* |
| **Duteurtre** (Benoît) | *Ballets roses* |
| **Eudeline** (Patrick) | *Rue des Martyrs* |
| **Foenkinos** (David) | *Les Cœurs autonomes* |
| **Fontenaille** (Elise) | *Les disparues de Vancouver* ▪ *L'homme qui haïssait les femmes* |
| **Gaignault** (Fabrice) | *Aspen Terminus* |
| **Harang** (Jean-Baptiste) | *Bordeaux-Vintimille* |
| **Liberati** (Simon) | *Jayne Mansfield 1967 (prix Femina)* |
| **Maillet** (Géraldine) | *Le Monde à ses pieds* |
| **Sportès** (Morgan) | *Ils ont tué Pierre Overney* |

CET OUVRAGE A ÉTÉ COMPOSÉ
PAR BELLE PAGE
ET ACHEVÉ D'IMPRIMER
SUR ROTO-PAGE
PAR L'IMPRIMERIE FLOCH
À MAYENNE EN FÉVRIER 2014

PAPIER À BASE DE FIBRES CERTIFIÉES

*Grasset* s'engage pour l'environnement en réduisant l'empreinte carbone de ses livres. Celle de cet exemplaire est de :
600 g éq. $CO_2$
Rendez-vous sur www.grasset-durable.fr

N° d'édition : 18239 – N° d'impression : 86389
Dépôt légal : mars 2014
*Imprimé en France*